Le Cheval
d'août

Porter plainte

Léa Clermont-Dion

Récit

À Elio, Nina et Gianluca
et à la mémoire du sergent-détective Daniel Raymond

Je ne suis pas libre tant qu'une femme reste prisonnière,
même si ses chaînes sont très différentes des miennes.

AUDRE LORDE

J'ai envie de violer des femmes
De les forcer à m'admirer
Envie de boire toutes leurs larmes
Et de disparaître en fumée

MICHEL SARDOU, *Les villes de solitude*

1.

Reconstitutions

50

Déclaration solennelle

Je déclare solennellement avoir été agressée sexuellement, en août 2008 à Québec, durant un événement citoyen rassemblant des milliers de jeunes. Âgée de dix-sept ans, un diplôme d'études secondaires en poche, je voulais m'engager, changer le monde. J'occupais alors la fonction d'assistante du fondateur de l'Institut du Nouveau Monde. Personnalité publique, mon patron allait briguer en 2016 un poste de direction dans l'un des grands quotidiens du Québec. Après l'événement, j'ai quitté mon emploi d'été. Désillusionnée et minée par la honte, j'ai cessé de croire que les hommes de pouvoir étaient nécessairement des personnes intègres. Pendant ma première année de cégep, j'ai consommé de la psilocybine, substance connue sous le nom de champignon magique, de la *salvia,* une drogue hallucinogène, de la marijuana, des litres de bière. Pour oublier. Je me trouvais laide et dégoûtante. On ne peut jamais prédire les répercussions des violences sexuelles.

Aujourd'hui, à trente-deux ans, je souhaite retrouver la parole qu'on m'a confisquée. Femme blanche, hétérosexuelle et privilégiée, docteure en science politique, autrice et cinéaste jouissant d'une certaine notoriété, mère d'un garçon et d'une fille, je parle au nom des générations de femmes qui me précèdent et de celles qui me succéderont. Je n'ai plus honte; d'humeur joyeuse, j'ai espoir.

Je fais cette déclaration solennelle, la croyant vraie en mon âme et conscience, et sachant qu'elle a la même force et le même effet que si je la produisais sous serment.

L'arrestation

Lecce, Italie, 14 juin 2018

J'ai du mal à finir ma lecture de *Bonjour tristesse*. Gianluca et moi rentrons à notre *masseria*. Ensauvagés, insouciants, nous avons plongé dans les bassins des grottes de la Poésie du site archéologique de Roca Vecchia, un peu plus au sud. C'était haut, mais je n'avais pas peur. Je ne pensais plus au procès, à tout ce qui me rend anxieuse. En sautant dans la piscine naturelle de la caverne, je me suis sentie incroyablement libre. Bien sûr, je continuerai d'avoir mal au ventre, de penser que je ne vaux pas mieux qu'un tas d'ordures. Dire que je n'ai plus aucune crainte serait faux. La semaine dernière, un courriel de mon enquêteur m'a confirmé l'arrestation imminente de John Doe[1]. Cette annonce m'est apparue irréelle. Les policiers ont-ils frappé à la porte de sa maison, l'ont-ils interrogé? Je suppose.

La justice suit son cours. J'ai entamé une poursuite au criminel contre mon agresseur en pensant

1 Dans mon histoire, je ne nommerai pas l'agresseur. Ce récit est le mien, pas le sien.

contribuer à un monde un peu plus égalitaire, un peu moins sale. J'ai des papillons dans le ventre. Je m'efforce de m'intéresser à l'intrigue de *Bonjour tristesse,* qui se déroule dans une magnifique villa au bord de la Méditerranée. J'ai beau essayer, la lourdeur bourgeoise de ce roman me fait rire. Je ne suis pas émue. Je visualise le procès à venir, appréhende toutes sortes de scénarios catastrophes, m'imagine mon agresseur, sa vie dévastée. Je doute de ma décision, puis je ne doute plus. Pourquoi faudrait-il que je prétende que tout va bien? Il me semble que, s'il y a bien un endroit où je peux rester moi-même, c'est ici, maintenant. Oui, mais non. On attend de moi que je demeure solide. J'essaie de l'être. Mais je ne le suis pas vraiment.

Ce soir, des éclairs zèbrent le ciel, loin au-dessus d'un champ perdu de Lecce. Des voisins font la fête dans leur villa. Vida, la chienne de notre *masseria,* tente de se faufiler à l'intérieur, pour s'abriter de l'orage. Mon chum refuse, à cause de ses tiques et de son haleine fétide. Des nuages s'approchent, menaçants, avant d'éclater au-dessus de nos têtes. Je demande à Gianluca si nous allons mourir. Non, ça va passer. J'aimerais cesser d'être épouvantée par les orages, les éclairs, les prédateurs, les avocats, les policiers, et les hyènes qui crient sur Facebook pour me dicter ma conduite.

Prédateur

nom
Personne, groupe qui établissent leur puissance en profitant de la faiblesse de leurs concurrents[2].

2 « Prédateur », *Larousse.* Les références complètes se trouvent dans la bibliographie en fin d'ouvrage.

La rue

En banlieue de Montréal, 1986

C'est une ville propre et convenable; il fait bon y vivre. Dans les années quatre-vingt, une dame y devient propriétaire d'un condominium lambrissé de lattes roses et s'y installe. Elle aime bien y accueillir sa filleule de dix ans, parmi les tapis somptueusement entretenus, et lui cuisiner des soupes de légumes parfumées à la sauge.

Un après-midi, la petite erre dans les quadrilatères avoisinants. Elle admire les maisons, vastes et majestueuses, alors que la première neige saupoudre l'asphalte. Noël sera féérique autour des tablées. À une intersection illuminée, elle croise un quinquagénaire assis seul à l'arrêt d'autobus. Il la fixe, décontracté. Dans sa main, son pénis en érection. Il se masturbe. Effrayée, l'enfant s'enfuit et n'en parlera pas. Jamais, à personne.

Ce n'est pas le dernier exhibitionniste qu'elle rencontrera. Même dans cette ville comme il faut, certains hommes montrent leur pénis aux enfants dans la rue. Comme si de rien n'était.

Le soir venu, la filleule allume le téléviseur. Aux nouvelles, le présentateur annonce d'un ton grave qu'un pédophile évadé de prison rôde.

Elle supplie sa marraine de barrer les portes. L'imagination des enfants est riche et féconde. Mais sa tante la rassure en lui disant que ces gens-là ne frappent que dans les films.

Les patrons

Mont-Saint-Hilaire, 9 avril 2021

À la chaîne de radio ICI Première, une femme à la voix feutrée se raconte.

Elle explique comment son premier patron l'a prise au piège. L'homme l'a convoquée dans son bureau en plein jour et s'est livré à des attouchements sur elle. Dans le droit criminel d'aujourd'hui, le geste porte le nom d'*agression sexuelle.* Dans les années quarante, on parlait couramment de «droit de cuissage». Les puissants sévissaient et s'appropriaient le corps des femmes, un article dont on pouvait disposer à sa guise.

Soixante-dix ans après les faits, la victime en demeure sidérée. Cet événement douloureux l'a meurtrie à jamais et, plus que tout, c'est l'injonction de silence qui lui a pesé. On lui a vite fait comprendre qu'il fallait ne rien dire, au nom de l'obéissance. Cette femme aura subi plus d'un acte de violence sexuelle au cours de sa vie, perpétré par une figure d'autorité: d'autres boss et un politicien.

Au fil du temps, la peur s'est insidieusement ancrée en elle. Dans le Faubourg à m'lasse de sa jeunesse, des soldats en permission ont attaqué sauvagement une jeune fille dans un hangar. Ce viol collectif a alarmé le voisinage, et les adolescentes du coin ont dû se résoudre à se claquemurer chez elles. L'interdiction de sortie pour le « deuxième sexe », le sexe faible, se perpétue. La jeune femme observait de sa fenêtre les flâneurs qui paradaient jusqu'au cinéma Majestic. Elle leur inventait un destin, à défaut d'en avoir un. Pourquoi les filles sont-elles toujours mises en pénitence ?

La femme à la voix chaleureuse se confie calmement. Elle est née le 25 mars 1925 à Montréal et se nomme Janette Bertrand[3].

3 « Janette Bertrand : "Je suis une fille d'instinct et d'émotions" », *Les grands entretiens : les passeurs, Radio-Canada.*

L'effervescence

Québec, 12 août 2008

La ville est une fête et la frénésie, palpable. Des airs circassiens électrisent la foule. Des saltimbanques déguisés en conquérants de la Nouvelle-France et en Filles du roi interpellent les badauds. «Si on te crache dessus, ne dis pas qu'il pleut!» lance un crieur public motivé devant les personnes massées dans le Vieux-Port.

C'est le début de l'École d'été de l'Institut du Nouveau Monde. Mille jeunes francophones du Canada et de cinquante-trois autres pays y sont rassemblés pour assister à des centaines de conférences sur l'économie sociale, l'art engagé, la culture, prononcées par des têtes d'affiche: Gilles Duceppe, Hugo Latulippe, Patrice Roy.

Tu suis John Doe dans toutes ses fonctions. C'est ton mandat. Tu es son assistante et tu le sers, notant ses rendez-vous dans l'agenda. Tu ne sais pas trop comment faire les choses, mais tu admires inconditionnellement le fondateur de l'INM, et il t'intimide.

Tu as beau avoir confiance en toi pour une fille de dix-sept ans, certaines personnalités t'impressionnent.

John Doe prend un ton sérieux lorsqu'il donne des ordres à ses subalternes. Parfois, son attaché de presse lui rappelle une entrevue. Ce jour-là, c'est avec *Le Soleil*. Le directeur se montre intelligent et éloquent.

Tu flânes dans le Vieux-Québec pendant les pauses et y côtoies des collègues: cette fille formidable venue de Moldavie, ce type brillant du Burkina Faso. Tu pique-niques avec Katia et Stéphane sur les plaines d'Abraham. Au loin, on aperçoit la colline Parlementaire. Tu respires à fond en scrutant l'horizon et considères ta chance d'être là. Ça grouille de vitalité. Tu rêves. Tu souhaites t'émanciper.

Vous célébrez l'avenir. Tout est possible.

Le taxi

Vers le milieu de l'École d'été, qui dure quatre jours, j'accompagne John Doe dans une activité politique. Je ne me souviens plus de laquelle ni de pourquoi, seulement de la lumière du jour. Je suis assise à ses côtés sur la banquette arrière du taxi. Sa femme nous accompagne. Elle me paraît affable et brillante. Le véhicule dévale les pentes escarpées de la vieille ville.

Sans crier gare, le patron glisse furtivement sa main entre mes cuisses, près des parties intimes, du vagin. Il la retire aussi vite. Je me fige. Lui ne manifeste pas d'émotion.

Qu'est-ce qui vient d'arriver? Surtout, je ne souffle pas mot.

Je suis une adolescente et, en pareille circonstance, c'est ainsi que j'agis: je fais semblant que rien ne s'est produit.

Ce regard, son regard. Torve. D'un flegme crapuleux. Je ne l'oublierai jamais.

À ce moment précis, j'ai peur.

Je deviens sa proie.

Le bois de Boulogne

Paris, septembre 2012

Il est plaisant de se rendre au bois de Boulogne depuis les beaux quartiers avoisinants. La taille des arbres et des plantations, les aménagements paysagers s'avèrent irréprochables. Comme le galbe des mollets des coureurs qui s'y succèdent, d'un pas vif. Au dix-neuvième siècle, l'élite parisienne adopte le bois comme lieu de détente et de plaisir privilégié, et le fréquente encore aujourd'hui. Ça va, ça va, ils sont en forme, les coureurs haletants. Je ne réussis pas à tenir le rythme.

Je séjourne à Paris pour une année et j'habite un somptueux appartement du XVIe arrondissement, déniché par l'entremise d'une connaissance. Les ocres des rideaux colorent le salon, dont les bibliothèques encastrées regorgent de centaines d'éditions rares: Diderot, Céline, Rousseau, Cioran. C'est la valse des penseurs. Entre les hommes, peu d'autrices.

Quand je m'évade, j'épie au bois les joggeurs dont la perfection trahit la classe sociale. Ces sportifs ont la tête de l'emploi – patrons, entrepreneurs, politiciens, hauts fonctionnaires, la plupart pères de famille. Issus de la bonne lignée, assez nantis pour avoir les moyens de vivre à Paris intra-muros, enclavés. Leurs foulées, par saccades. Clic-clac. Ils défilent, triomphants, entre les bouleaux de l'Himalaya, les mûriers blancs et le séquoia géant. Un arboretum exotique que je ne reconnais pas. Ma forêt québécoise est rustre.

Le soir, tard, lorsque je reviens de l'Institut d'études politiques, il m'arrive d'apercevoir les mêmes corps tendus qui sortent du bois. La forêt se transforme la nuit en bordel.

Je reconnais ce cheveu court, cette chemise amidonnée, ce soulier de cuir neuf, ce galbe du mollet, caché cette fois sous un pantalon à plis tombant au-dessus de la cheville.

Sur le chemin du retour, au crépuscule, je presse le pas et ma respiration hésite. Les crissements nerveux près de la rocaille réveillent les fantômes de la forêt.

Les prostituées ont quelquefois l'air fatiguées. Certaines, plus âgées, me lorgnent du coin de l'œil depuis leur camionnette blanche. Je ne suis qu'une ombre qui passe, facile à prendre pour un client. L'une d'entre elles, les dents jaunies par le tabac, m'a déjà abordée. J'aurais pu l'inviter à discuter autour d'un café. J'ai peur de les croiser, celles et ceux qui s'aventurent dans le bois de Boulogne pour y laisser une partie de leur corps.

Dominique Strauss-Kahn, ministre de l'Économie et des Finances du gouvernement socialiste français de juin 1997 à novembre 1999, directeur du Fonds monétaire international de 2007 à 2011, et favori de l'élection présidentielle de 2012, a été contrôlé en 2006 par la police au bois de Boulogne[4]. Je ne pense pas qu'il ait déjà eu peur du noir, lui.

Dans les années 2000, l'homme politique, aussi dit DSK, régnait comme une véritable star sur l'Institut d'études politiques de Paris, où il enseignait les «Concepts fondamentaux de l'analyse économique». À Sciences Po, haut lieu de l'éducation des nantis français, les profs aiment user de leur ascendant sur les étudiantes et les étudiants. Il n'est pas rare d'hériter du numéro de téléphone d'un économiste keynésien ou encore qu'un historien des Annales vous fixe la poitrine. Légitimées, la prédation et la chasse y sont toujours de bon goût, comme au bois de Boulogne.

En 2012, j'ignore que Dominique Strauss-Kahn est l'un des hommes les plus puissants de l'Hexagone. Je ne sais pas non plus que Nafissatou Diallo, une femme de chambre de l'hôtel Sofitel à New York, l'a accusé de viol le 14 mai 2011. Que la romancière Tristane Banon, à l'origine de «l'autre affaire DSK», a porté plainte contre lui pour tentative de viol le 4 juillet 2011, alléguant des faits remontant à 2003. Elle avait alors vingt-trois ans[5]. Nul ne se doute encore que ces deux dénonciations sèmeront les germes du mouvement #BalanceTonPorc en France. Mais j'ai déjà appris que

4 «DSK contrôlé au Bois de Boulogne en 2006 selon Guéant», *L'Express*.
5 *Chambre 2806: l'affaire DSK*, Netflix. Aussitôt informée de ces violences sexuelles, la politicienne socialiste Anne Mansouret, mère de Tristane Banon, a exprimé par la suite son regret d'avoir à ce moment dissuadé sa fille de porter plainte contre une «personne éminente».

les joggeurs distingués qui rôdent dans les sentiers de cailloux blancs du bois peuvent être de ceux qui abusent des autres.

L'hôtel

Québec, août 2008

La soirée est douce à Québec et les rues, bondées.

L'École d'été bat son plein. Tu participes à une des rencontres quotidiennes de l'équipe de l'INM, réunie dans un loft créatif, qui bourdonne comme une ruche. L'École d'été est une affaire de clan, vous travaillez ensemble, et cette énergie t'électrise. Au programme: la tenue d'un remue-méninges, des débats où les citoyennes et les citoyens seront invités à s'exprimer. Tu étudies avec une grande attention tes collègues, qui affirment que les jeunes sont intelligents et capables de contribuer à la discussion publique.

Tu ne quitteras pas le travail trop tard. Le patron non plus; il va dans la même direction que toi.

Tu essaies de ne pas montrer ton inconfort. Tu préférerais oublier l'événement du taxi. Tu t'inventes sans doute des histoires. Après tout, tu l'aimes bien, John Doe.

Tu longes la côte d'Abraham en le suivant à distance. Tu es seule avec ton patron à la nuit tombée.

Arrivée à destination, tu lui dis au revoir. Il s'approche et tu te raidis, dégoûtée.

Il te murmure: «Ça va rester entre nous.» Il glisse sa main dans ton pantalon. Tente de te doigter. Tu veux t'évanouir. Disparaître.

Il n'y a rien qui sort de ta bouche.

Là, tu t'extirpes de ta torpeur.

Christ de vieux pervers.

Tu lui ordonnes d'arrêter. Il s'immobilise.

Tu pars sans te retourner. Lui n'essaie pas de te retenir. Une envie de vomir te submerge. Tu t'en veux d'avoir accepté de travailler pour lui.

Mineur·es

L'organisme Éducaloi décrit le crime d'exploitation sexuelle d'une ou d'un mineur en ces termes:

«Le partenaire sexuel d'un adolescent de seize ans et plus peut être accusé d'exploitation sexuelle s'il entretient une relation qui rend l'adolescent dépendant de lui ou qui l'exploite. Il peut aussi être accusé d'exploitation sexuelle dès qu'il est en position d'autorité ou de confiance envers lui. Par exemple, un enseignant est généralement reconnu comme une personne en position d'autorité envers l'adolescent.

Dans ces situations, le consentement de l'adolescent ne sera pas valide, même s'il a dit oui[6].»

6 «Exploitation sexuelle», *Éducaloi.*

Comme si de rien n'était

Québec, août 2008

Tu ne reparleras plus au patron de l'Institut du Nouveau Monde lors des jours suivants. Ta participation à l'École d'été finira dans l'humiliation et le désarroi.

La trahison se répercutera longtemps en toi, comme les gifles au visage qu'on voit arriver au ralenti dans les films noirs de série B.

Un collègue, Stéphane, te retrouvera livide sur un trottoir, le lendemain de l'agression. Inquiet, il t'interrogera. Au départ, tu ne révéleras rien. Puis tu lui raconteras.

Ensuite, tu minimiseras les choses. Tu t'abstiendras de t'épancher. Tu garderas le silence.

À l'automne, John Doe voudra te rencontrer dans un café du Marché Jean-Talon. Croyant qu'il te fera ses excuses, tu t'y rends. Il te demande de laisser à Québec ce qui s'est passé à Québec. Tu acceptes. Il te faut passer à autre chose, oublier. C'est ta façon d'infléchir le destin.

Un jour, quand du temps aura passé, ça te reviendra. Et ta propre banalisation de cet acte t'inspirera de la colère. Tu voudras que justice soit faite.

Plainte spontanée

J'ai donc parlé de ce qui m'était arrivé à Stéphane Champreux, qui collaborait lui aussi avec l'Institut du Nouveau Monde. Il représentait la voie de la confiance, tel un grand frère qui m'a tendu la main et a su m'écouter malgré mon apathie et mes dénégations. Il existe des êtres humains formidables.

Je me suis confiée à ma mère. Les mères réagissent très mal quand on leur apprend qu'un adulte a fait du tort à leurs filles. Souvent, elles s'indignent et s'affolent. Tandis qu'on se moque des pleureuses qui se lamentent, on a peur de celles qui affrontent les prédateurs avec un aplomb inébranlable, les sommant d'arrêter de s'en prendre aux autres. Aujourd'hui, je ferais partie de ces scandaleuses, car je suis mère maintenant. Sauf que, ce jour-là, je n'étais qu'une enfant recueillie dans les bras de la sienne.

Ma mère et Stéphane Champreux, un homme éloquent, seront amenés à témoigner lors de mon procès. Les deux tiennent à leurs principes moraux, droits comme des grands chênes.

Jusqu'à l'entrée en vigueur de la Loi modifiant le Code criminel en matière d'infractions sexuelles et d'autres infractions contre la personne du 4 janvier 1983, on appelait ces confidences d'une victime à des tiers «la plainte spontanée[7]». La preuve présentée au tribunal devait être corroborée par une autre source pour être considérée comme crédible. Cette exigence n'était imposée que dans les procès pour infractions sexuelles. Bien que l'article 142 qui l'édictait ait été abrogé en 1976, des juges l'appliquaient toujours, mettant en garde les jurés contre le risque de condamner un présumé innocent sur le seul témoignage d'une plaignante.

Les organisations féministes qui se sont mobilisées pour obtenir cette réforme du droit canadien combattaient des mythes et préjugés sexistes enracinés à même les lois. Pourtant, des années plus tard, je ne penserais même pas à porter plainte. Nous étions en 2008, bien avant le mouvement #MeToo. Je ne connaissais rien aux questions de violences sexuelles. Les publicités du gouvernement visant à sensibiliser le public aux agressions sexuelles, diffusées à heure de grande écoute sur les chaînes généralistes, avec leur mise en scène glauque et pauvrement réalisée, n'inspiraient rien qui vaille: une femme blême et cernée y chuchotait sa peine devant un rideau vaporeux immaculé. Ces vidéos n'auraient jamais convaincu qui que ce soit, vous m'en voyez navrée, de porter plainte.

7 Regroupement québécois des CALACS, *Évolution de la loi relative aux agressions sexuelles.*

La résidence

Montréal, septembre 2008

> Barrez vos portes, les filles.
>
> DENIS BRIÈRE[8]

J'erre dans le corridor vide et lugubre de la résidence du cégep. Il est beige. Beige hôpital. Quand le soir tombe, mon cœur bat la chamade. J'ai peur du noir. L'une d'entre nous a surpris le gardien de sécurité de l'immeuble en train de regarder une vidéo pornographique sur son lieu de travail. C'est du moins ce que dit la rumeur.

La nuit, on verrouille les portes de la résidence, mais mon sentiment de malaise persiste, car le gardien a accès aux clés de nos chambres. Il rôde. On l'entend faire sa ronde, le pas pesant, à une cloison de nous.

8 Ex-recteur de l'Université Laval. Par cette déclaration, il réagissait à la série d'agressions sexuelles survenues dans les résidences de l'établissement en octobre 2016. « La gestion de la crise à l'Université Laval continue d'être critiquée », *Radio-Canada*.

Cet été m'a assommée. Au lendemain de mon agression, je m'absente de mon corps et frôle les murs beiges comme un fantôme égaré. Quand je me vois dans le miroir, je me juge.

On m'a abreuvée de fausses promesses. Le vernis d'idéalisme gauche caviar qui enrobait mes espoirs d'adolescente tombe en miettes. Quelle indécence. Je ne crois plus en rien, surtout pas en ma dignité.

Je me rends toujours à ce cours de littérature que j'aime, très tôt. Je fume. Je bois trop aussi. Je me liquéfie à chaque gorgée engloutie. La vie m'avale.

Des mois plus tard, je fais toujours des cauchemars. J'ai perdu mes repères, affaiblie sur le plan cognitif. Et je m'en veux.

Je cherche sans relâche à prouver aux autres que je mérite respect et reconnaissance. Un jour, je m'écroule sur le sol, évanouie. Un collègue m'emmène dans les bureaux vides de l'association étudiante. Je bois un verre d'eau. Je n'accorderai pas d'importance à l'incident ni ne parlerai à quiconque de l'objet de mon angoisse. Le déni est un mécanisme de défense formidablement puissant.

Je me repasse la scène en boucle. Pourquoi n'ai-je pas frappé John Doe pour me défendre? Pourquoi m'a-t-il fait cela? Pourquoi agir de la sorte avec une mineure?

À cette époque, je ne sais pas encore que se figer durant une agression sexuelle constitue une réaction neurobiologique normale qui n'a rien à voir avec le courage des victimes ou l'ardeur qu'elles auraient pu mettre à résister[9].

Lors d'un événement traumatisant comme un viol, le corps peut entrer dans un état de paralysie ou de sidération, un réflexe instinctif face à des circonstances perçues comme insurmontables et inévitables. Cette situation risque de désorganiser la réponse dite de «combat ou de fuite» habituelle des circuits de la défense du système nerveux sympathique, laissant la victime impuissante, incapable de se mobiliser face à l'agression. Certaines composeront avec des conséquences extrêmes: la dissociation, l'immobilité tonique (paralysie temporaire) et l'immobilité hypotonique (évanouissement).

Comme quatre-vingts pour cent des victimes[10], ce soir-là, je suis restée pétrifiée.

9 Melanie Randall et Lori Haskell, «L'incidence des traumatismes sur les victimes d'agressions sexuelles d'âge adulte», *Ministère de la Justice Canada*.

10 Karine Mac Donald, intervenante au Centre d'aide aux victimes d'actes criminels. Propos rapportés dans *T'as juste à porter plainte*, épisode 1.

La loi du silence

Québec, 6 novembre 2014

> VIOLENCE, subst. fém.
> Force exercée par une personne ou un groupe de personnes pour soumettre, contraindre quelqu'un ou pour obtenir quelque chose.
>
> TRÉSOR DE LA LANGUE FRANÇAISE

J'ai vingt-trois ans lorsque je découvre dans les pages de *La Presse* le témoignage de la journaliste Michèle Ouimet intitulé «La honte». Le souvenir de mon agression est enterré dans les abîmes de ma psyché et, en nommant de front la violence, les mots de la chroniqueuse ont un effet performatif sur moi: «J'ai plongé parce que je voulais que l'on comprenne le silence des femmes violées. Et je me suis dit qu'après quarante ans, je pouvais sortir de mon placard au nom de toutes les femmes qui n'osent pas. Et pour leur dire qu'il y a une vie après le viol[11].» Comme elle, plusieurs personnes

11 Michèle Ouimet, «La honte», *La Presse*.

prennent part au mouvement #AgressionNonDénoncée et révèlent sur les réseaux sociaux les violences sexuelles qu'elles ont subies.

Cet élan collectif s'inscrit dans la foulée des dénonciations de l'ex-animateur vedette de CBC Jian Ghomeshi[12]. Entre les 26 octobre et 2 décembre 2014, le *Toronto Star* et le *Guardian* rapportent les allégations de harcèlement et d'agressions à caractère sexuel de neuf femmes à son endroit[13]. Le mouvement de solidarité #IBelieveHer naît sur Twitter. À la suite de cette prise de parole, des journalistes canadiennes, Sue Montgomery de la *Gazette* et Antonia Zerbisias du *Toronto Star*, racontent à leur tour qu'on les a violées, utilisant le mot-clic #BeenRapedNeverReported. Leur coup d'éclat devient instantanément viral à l'international. Les fils de discussion s'enflamment, et la souffrance perçue est viscérale.

La Fédération des femmes du Québec se met de la partie avec Je suis indestructible, une plateforme web diffusant les témoignages – anonymes ou non – de personnes ayant vécu des violences à caractère sexuel, pour populariser la notion de consentement. La campagne #AgressionNonDénoncée est lancée, générant des remous fracassants. Les langues se délient,

12 Le 26 novembre 2014, Jian Ghomeshi se rend à la police, faisant face à quatre chefs d'agression sexuelle sur trois femmes et d'un chef de tentative d'étouffement sur une personne pour vaincre sa résistance. Jian Ghomeshi sera acquitté de toutes les accusations qui pèsent contre lui le 24 mars 2016. « Jian Ghomeshi est acquitté », *Radio-Canada*.

13 Kevin Donovan et Jesse Brown, « Jian Ghomeshi: 8 Women Accuse Former CVC Host of Violence, Sexual Abuse or Harassment », *Toronto Star*. CBC

mais personne ne nomme son agresseur[14]. Les divers mots-clics cumulent bientôt des milliers de déclarations[15]. Galvanisée par le courage et l'élan intarissable de celles qui dénoncent, je dis «moi aussi». C'est un tweet. Instantané, furtif, que j'efface aussitôt, regrettant mon impulsion.

Le message subsiste juste assez longtemps pour déranger. Jamais je n'aurais pu prédire l'incidence fondamentale qu'aurait mon gazouillis sur le reste de ma vie. En voulant ajouter ma pierre à l'édifice de la parole, j'ai ébranlé les assises de ma propre existence.

Mon téléphone sonne. C'est Mitsou, alors ma partenaire de travail et alliée.

— Tu ne m'avais pas dit.

— Eh non.

Je raccroche. Mon téléphone sonne de nouveau.

La recherchiste d'une émission d'actualité m'invite à partager mon expérience en ondes. Je dis non. Elle persiste et je reste sur mes positions. «Dans ce cas, l'animatrice vous appellera. Elle veut vous parler.»

L'animatrice en question me relance: il faut témoigner pour elles, pour les autres victimes. Elle me réconforte, me donne confiance. Son argumentation, tout en dentelle, parvient à me convaincre. J'accepte la demande d'entrevue[16].

14 Mylène Tremblay, «#AgressionNonDénoncée, un an après...», *Châtelaine*.
15 *Ibid.*
16 *24·60, ICI RDI.*

Ma décision est prise. Avant de me rendre sur le plateau pour le direct, je rédige un billet sur mon blogue Sympatico, où je déclare l'agression que j'ai subie[17], afin de préparer mon intervention télévisée et d'articuler ma pensée. Sans nommer mon agresseur ni entrer dans le détail, je donne corps à ce qui s'est passé. C'est d'ailleurs ce que je m'en vais dire publiquement : la réalité telle qu'elle est. Je n'ai pas l'intention de dévoiler l'identité de John Doe ni de permettre qu'on l'identifie. Je veux me tenir debout au nom de la petite Léa et de toutes celles qui osent parler. Me livrer dans mes mots me confère du contrôle. Je m'exprime naïvement, mais tout vaut mieux que de continuer à étouffer. Ai-je conscience de ce que je suis en train de faire ? Non. Ma démarche relève d'un besoin, pas d'un calcul rationnel.

L'après-midi venu, j'empoigne mon volant et parcours furieusement la route entre Québec et Montréal. La poudrerie obstrue ma vue et la chaussée est glissante. Je ne pense pas au danger et ne veux qu'une chose : avancer.

J'arrive au studio fragilisée. Dans la loge, la maquilleuse enduit mon visage d'un fond de teint matifiant. Car je sue. Elle me dessine des yeux de chat, angéliques. J'ai l'air d'une poupée, qu'elle me dit. Je porte une robe exagérément fleurie, l'image parfaite de la fille de bonne famille, très jeune. Les éclairages télé magnifient le

17 Les archives de ce blogue sur actualités.sympatico.ca/author/lea ne sont plus accessibles en ligne.

réel. Il n'y a pourtant rien de magnifique dans ce que je m'apprête à formuler.

L'animatrice m'interroge avec calme. Tout se passe bien. Selon notre entente, je résume dans leurs grandes lignes les circonstances des «attouchements», le contexte (de travail), mon état civil (mineure) et le statut de l'agresseur (un homme dans la quarantaine en position d'autorité).

Je confonds alors agression sexuelle et harcèlement[18]. Je plaide pour des cours d'éducation sexuelle au secondaire et pour la sensibilisation des jeunes à ces questions, mais je suis moi-même ignorante. Une avocate présente sur le plateau me conseillera de porter plainte. «C'est la chose à faire, madame», affirme-t-elle comme on rappelle une évidence à une mauvaise élève.

J'évoque la vague de solidarité qui m'a donné le courage de parler, la peur des victimes de n'être pas crues, d'être accusées à leur tour et rejetées, les préjugés qui entourent leurs déclarations. Reprenant la parole, l'animatrice révèle que j'avais dix-sept ans au moment de l'agression. Mes pensées s'affolent tandis que je regarde mes notes comme si je cherchais la réponse à une question d'examen. Je flanche et confirme ses dires sans avoir le choix, puis j'essaie de changer de sujet. L'animatrice insiste, précise de nouveau mon âge actuel (vingt-trois ans) comme celui que j'avais lors des faits.

18 Dans la définition du harcèlement criminel, les comportements portant atteinte à la sécurité d'une personne n'incluent pas les actes de violence sexuelle. « L'agression sexuelle et les infractions criminelles connexes », *Juripop*.

Cette soirée de novembre garde un goût amer pour moi. Certaines plaies restent ouvertes plus longtemps que d'autres. Car, sans le vouloir, j'ai allumé un grand feu: l'animatrice de l'émission est une connaissance de John Doe et la rédactrice en chef, son épouse.

À l'ironie du sort s'ajoute l'ironie dramatique: je ne sais rien de tout ça à ce moment et, à vrai dire, c'est mieux ainsi. Pour l'instant, je demeure la jeune fille modèle aux yeux cernés d'un trait de khôl, convaincue qu'elle fait ce qu'il faut.

Lise aime ses amis

L'Île-des-Sœurs, 25 novembre 2015

Je ne pensais pas écrire sur Lise Payette, aujourd'hui disparue. Jamais de cette façon. Mais la vie, parfois, nous secoue.

Petite, je recherchais des modèles. Je rêvais de justes causes, de me battre contre les arrivistes mielleux et avides. Je suis d'abord tombée sur les grands hommes: on célèbre partout leurs exploits. Plus tard seulement, je découvrirais de grandes femmes, les «remarquables oubliées»: la juge américaine Ruth Bader Ginsburg, Maya Angelou, Angela Davis...

J'ai douze ans quand ma mère me fait visionner des extraits des discours de René Lévesque. Elle choisit une cassette VHS où elle a enregistré celui de la victoire électorale de 1976, qui a mené pour la première fois son parti à la tête du Québec. Elle appuie sur *rewind*. Ça griche. Le bruit blanc du téléviseur diminue la qualité de l'expérience. «On n'est pas un petit peuple, on est peut-être quelque chose comme un grand peuple.» Cette voix éraillée. Sa force de persuasion: «J'ai jamais pensé que je pouvais être aussi fier d'être québécois que ce soir.» Tant de charisme me donne la chair de poule. J'aime René Lévesque et sa légende.

«C'est important que tu saches», dit ma mère. Aux côtés de Lévesque se tient une femme ronde aux traits aimables. Elle m'intrigue. Seule parmi tous ces hommes à l'aréna Paul-Sauvé, Lise Payette rayonne. Elle aussi, je l'adopte. J'ai beau être encore petite, je veux tout.

En 2006, avec Cathy Wong[19], je participe à l'organisation d'un colloque à l'Université du Québec à Montréal, *L'égalité, acquise?*, rassemblant quatre cents personnes autour de figures de proue du féminisme québécois, comme Françoise David[20]. Durant une table ronde, je déclare avec assurance que je suis féministe. Dans les relents du *backlash*[21] antiféministe qui a suivi la tuerie de l'École polytechnique de Montréal le 6 décembre 1989, en revendiquer l'étiquette n'a rien d'évident. Les personnes se disant féministes sont stigmatisées et

19 Aujourd'hui vice-présidente Équité, diversité, inclusion et Langues officielles chez Téléfilm Canada, Cathy Wong a été élue présidente du conseil municipal de Montréal en 2017, devenant la première personne d'origine chinoise à siéger à l'hôtel de ville.

20 Marie Hélène Poitras, «Le sexe fort», *Voir.*

21 Le terme *backlash*, traduit par «retour du bâton», «revanche», ou plus souvent «ressac» au Québec, a été popularisé par la journaliste américaine Susan Faludi dans son livre *Backlash: The Undeclared War Against American Women*. Le mot désigne aujourd'hui les contrecoups que subissent les droits des femmes et des minorités dès qu'ils connaissent des avancées. À la fin des années quatre-vingt-dix aux États-Unis, des mouvements conservateurs et masculinistes, décrits par Faludi comme la nouvelle droite américaine, accusent le féminisme de tous les maux sociaux, dont la destruction de l'économie et de la cellule familiale. Cette offensive culturelle véhiculée par les médias a débouché sur des politiques publiques restreignant les droits des femmes en matière d'égalité professionnelle et d'accès à l'avortement.

taxées d'hystérie. On les méprise, les traite de connes, de mal-baisées et de grosses folles. Le féminisme n'a pas la cote, surtout pas auprès des adolescentes.

Ma prise de position suscite la curiosité et, dans la foulée du colloque, la journaliste Dominique Poirier m'interviewe à l'émission d'actualité *Le Point*. Il s'agit de ma première apparition à la télévision, je suis nerveuse, et je sais ma pensée inaboutie et maladroite. Mais l'entrevue entraînera des réactions.

À la maison, je reçois un colis. Chose rare. Je déchire le carton avec fébrilité. C'est un vieux livre qu'on croirait ressorti du fond d'un placard, qui dégage une odeur de renfermé. Sur la couverture, une photographie en gros plan prise dans les années soixante-dix montre la bonne mine de Lise Payette, tout sourire: *Le pouvoir? Connais pas!* À la première page, les mémoires sont dédicacés: «À Léa, parce qu'elle est l'avenir».

Par son geste, cette pionnière féministe me signifie qu'elle me transmet le flambeau. Flattée, je ne saisis pas tout à fait le caractère exceptionnel d'un tel cadeau. À quatorze ans, on tient beaucoup de choses pour acquises. Tout nous semble dû.

Je dévore le récit et en savoure chaque phrase. Lise Payette devient sous mes yeux une figure politique féminine marquante. On en compte si peu. À cet âge, toujours fière d'être engagée, je me procure son autobiographie, *Des femmes d'honneur*. Au sommet de sa popularité, l'animatrice entame sa carrière politique durant la décennie 1970-1980, à la croisée de la modernisation de l'État québécois, juste après la Révolution tranquille, et de la deuxième vague du féminisme: les luttes s'élargissent à toutes les conditions de l'égalité entre les hommes et les femmes, de la régulation des naissances (avortement et contraception) aux droits de la famille et du travail, en passant par les violences faites aux femmes. Élue en 1976, elle se fait aussitôt appeler «madame *la* ministre des Consommateurs, Coopératives et Institutions financières», et on lui doit la féminisation des titres au Québec. Première ministre d'État à la Condition féminine en 1979, un ministère que Lévesque a créé pour elle, Payette pilote la réforme du droit de la famille dans le Code civil, signant la fin de la tutelle des maris et pères sur les femmes, contribue à la création des congés de maternité, met en place des services de garde, un régime de pension alimentaire et des centres d'aide aux femmes en difficulté.

Lise Payette devient intouchable à mes yeux.

Les années passent. En 2014, c'est à mon tour de demander à la grande dame, pour le magazine *Châtelaine,* ce qu'elle a envie de léguer aux jeunes générations. Payette, en gardienne des droits des Québécoises, paraphrase les mots de Beauvoir: «Soyez prudentes. Ce que nous avons gagné peut être enlevé rapidement. Il suffit du mauvais parti politique, d'un ministre qui se prend très au sérieux et puis, ça y est, on va être obligées de se battre encore[22].»

Quoi qu'elle ait pensé ou écrit, Lise Payette a tenu les rênes du pouvoir. Parmi les premières à se tailler

22 Léa Clermont-Dion, «Louise, Léa et Lise», *Châtelaine.*

une place au sein des sphères décisionnelles, elle a dû manœuvrer et obéir aux règles du *boys' club,* s'accommodant du sexisme ordinaire de l'époque: «Il faut tracer sa propre route et avoir le courage de changer de parcours quand cela ne va pas. [...] Des fois, je [me] dis: tiens, j'ai vécu cette épreuve, tu n'es pas obligée de vivre la même chose[23].»

En 2015, je reçois de nouveau des nouvelles de madame Payette. Elle aimerait discuter avec moi. Je la connais si peu, mais j'accepte volontiers cette invitation surprenante. Après tout, elle est mon idole.

Le hall chic de l'immeuble de condos de L'Île-des-Sœurs où elle réside brille à force d'être astiqué. L'endroit sent le Comet et le tapis frais lavé. Une forte odeur chimique qui pique la gorge.

Je sonne. L'aide domestique m'ouvre. J'entre dans un appartement à la décoration sobre, un brin démodée. Des affiches laminées trônent ici et là. La vue donne sur Montréal, vaste, lumineuse et grouillante. «Tu vois, j'éteins des feux d'ici», m'indique-t-elle de la fenêtre.

Lise Payette, physiquement ralentie, m'offre un café. Sa gaieté me semble sincère. Curieuse, elle me pose des questions, me charme, s'intéresse à moi. Je la vois rapidement comme une complice à qui je me confie. Sa voix grave déborde de tendresse. La conversation porte sur ma vision du féminisme. Elle m'affirme avec sollicitude que je peux tout lui demander. Que je suis comme sa petite-fille. Je la crois. Assise sur un divan

23 *Ibid.*

de cuir blanc, elle me fera parler pendant deux heures de mon engagement.

Je me débrouille de mon mieux, en jeune femme bien élevée. Encore. Puis la teneur de la conversation change radicalement. Le regard rassurant de mon interlocutrice devient perplexe: «Vous avez beaucoup parlé, Léa. Et vous avez causé du tort à un ami.»

Silence. Bégaiements. Je ne comprends pas et je bafouille. Lise Payette m'apprend alors l'existence d'un homme que j'aurais brisé. Ma dénonciation de 2014 sur un plateau de Radio-Canada aurait mené John Doe au bord du suicide. J'aurais détruit sa famille. Pourtant, je n'ai nommé personne. Elle me dit que je dérange. Que des rumeurs courent. Que je suis le genre de belle fille, menaçante, qui attire les ennuis. Elle prétend qu'un journal enquête sur John Doe parce que j'ai ébruité mon histoire. Elle me conseille vivement de ne pas porter plainte contre lui, car je pourrais nuire à ma carrière. Il serait préférable que je me taise. D'ailleurs, John Doe ne m'a pas violée et il vaut mieux ne pas en faire tout un plat.

Elle m'avertit qu'elle sait beaucoup de choses.

Je suis abasourdie, prise de court par ce renversement de situation. Lise Payette ajoute que John Doe considère l'idée de me poursuivre en diffamation. Je m'effondre et veux m'en aller. M'empêtre dans une panique croissante. J'en ai marre d'être la bonne fille.

Je ne trouve pas les mots pour riposter. J'encaisse, la peur au ventre.

Pour éviter une éventuelle poursuite, pour soulager la peine de ses enfants, Lise Payette m'explique que je dois signer une rétractation où j'affirme ne pas vouloir nuire à la famille de John Doe et exprime mon regret d'avoir parlé de mon agression sexuelle.

Mon idole a tout prévu. J'obéis. Je tape les mots qu'elle me dicte.

Tomber

Tu prends le téléphone. Tu appelles ta mère. Tu appelles ta meilleure amie. Tu appelles ton ami.

J'ai honte.
J'ai honte d'avoir côtoyé John Doe.
J'ai honte qu'il m'ait touchée.
J'ai honte de m'être plainte.
J'ai honte de tout ce que je suis.
J'ai honte d'avoir fui.
J'ai honte d'avoir honte.

Tu fuis, tu ne fais que cela: fuir.

Slutshaming

«[slytsamiŋ] n. f. – Néologisme composé des mots anglais *slut* (salope) et *shame* (honte) [qui] désigne le fait de critiquer, stigmatiser, culpabiliser ou encore déconsidérer toute femme dont l'attitude, le comportement ou l'aspect physique sont jugés provocants, trop sexuels ou immoraux. Les attaques peuvent être physiques ou morales et elles entretiennent l'idée que le sexe est dégradant pour les femmes[24].»

24 «Slutshaming», *Conseil du statut de la femme.*

Pas cru·es

Lise Payette m'a manipulée pour m'extorquer une lettre disculpant mon agresseur: l'épisode, spectaculairement absurde, reste l'une des grandes désillusions de mon existence. Mon hypothèse d'aujourd'hui est qu'alors chroniqueuse au *Devoir,* elle protégeait son poulain. Selon les faits qui seront révélés au procès[25], madame Payette aurait orchestré la rencontre au sommet à L'Île-des-Sœurs parce que John Doe, aspirant au poste de directeur au *Devoir,* aurait sollicité ses conseils, désirant, je cite son témoignage, «laver sa réputation». J'aurai incarné la biche dans les phares de cette intrigue politique. Celle qui en perd ses esprits, spectatrice de son destin.

La chute des idoles peut être fatale. Aujourd'hui, j'ai pardonné à la défunte, même si son comportement m'apparaît encore profondément antiféministe. Je dénonce tout ce qui consiste à jeter le tort sur les victimes.

25 Yannick Bergeron, «Procès de Michel Venne: l'ex-journaliste se défend de s'être servi de Lise Payette», *Radio-Canada.*

Il n'y a rien d'anodin à culpabiliser une personne qui s'ouvre sur les violences sexuelles qu'elle a subies ou sur son intention de porter des accusations. N'importe qui dans notre entourage peut agir ainsi: institutions, tribunaux, médias sociaux, mais aussi une mère, un ami, un chum, un collègue, une blonde, et même une ancienne ministre de la Condition féminine.

Je comprendrai a posteriori que Lise Payette m'a fait subir une forme de revictimisation, une notion éclairante.

Concrètement, la victimisation secondaire se manifeste par une panoplie d'attitudes, comme celles de banaliser les torts causés à la victime – en lui demandant par exemple de «passer à autre chose» –, de remettre en cause son témoignage, de déresponsabiliser son agresseur en insinuant qu'elle «aurait couru après», de faire pression sur elle pour obtenir des informations ou encore de la tenir pour responsable des conséquences de la dénonciation sur l'agresseur[26]...

Ces réactions négatives ravivent les stigmates rattachés au crime et peuvent affecter l'estime de soi. En bref, la victimisation secondaire «peut s'avérer dévastatrice et créer des blessures importantes, dont des sentiments d'injustice, de trahison, de culpabilité, de peur et d'impuissance[27].»

26 Arlène Gaudreault, *L'effet corrosif de la victimisation criminelle.*
27 Joane Turgeon, Claudine Thibaudeau et Sylvie Daigneault, «Revictimisation et victimisation secondaire», dans Katja Smedslund et David Risse, *Responsabilités et violences envers les femmes.*

Madame Payette n'a pas le monopole de la culpabilisation des victimes. Cette méfiance n'est pas nouvelle. Ces préjugés sont inscrits à même nos règles de droit, bien que la situation ait évolué dans les quarante dernières années.

Regarder dans le rétroviseur donne le vertige. On se souviendra qu'avant les réformes du Code criminel canadien de 1976 et de 1983, les femmes victimes de violences sexuelles étaient considérées, dans une perspective juridique, comme «très peu fiables», des témoins non dignes de confiance au même titre que les enfants en bas âge et les complices d'actes criminels[28]. Leur déclaration sous serment ne suffisait pas à aboutir à une condamnation: la règle de corroboration, depuis abolie, exigeait de l'appuyer par un autre élément de preuve, par exemple le témoignage d'une personne qui aurait assisté au crime[29]. Notons que l'exigence de corroboration ne s'appliquait qu'aux femmes, et non aux hommes victimes de crimes sexuels. De plus, une victime qui ne s'était pas plainte dans les jours suivant l'agression perdait en crédibilité.

Dans la foulée des réformes mentionnées, les législateurs ont supprimé la preuve spéciale fondée sur le critère de résistance, qui reposait sur deux croyances. Primo, une femme qui dit «non» à un rapport sexuel peut en réalité penser «oui». Deuxio, une femme non

28 Anne-Marie Boisvert, *Le droit pénal barème de la condition féminine?: le cas de l'agression sexuelle.*

29 Rachel Grondin, *Les infractions contre la personne et contre les biens.*

consentante « se défendra autant qu'elle le pourra[30] ». On recherchait des preuves physiques de cette résistance, telles que des meurtrissures ou des traces de lutte. Autrement dit, la passivité des victimes était interprétée comme un consentement.

La plainte spontanée, la corroboration, le critère de résistance : autant de règles qui traduisaient un doute à « l'égard de la parole des femmes et une méconnaissance profonde du phénomène de l'agression sexuelle[31] ». La réforme du Code criminel de 1983 avait comme objectif d'éradiquer ces mythes et stéréotypes qui minaient la crédibilité des plaignantes. La Cour suprême du Canada, en invitant les juges à écarter les critères de crédibilité basés sur l'âge, le sexe, les origines sociales et ethniques, apporte un peu de décence dans les palais de justice[32]. Cela dit, peut-être aurait-il fallu aussi mettre au parfum les principaux acteurs du droit criminel, en l'occurrence les avocats de la défense.

Selon la juriste Julie Desrosiers, le recours aux préjugés constitue encore une pratique fréquente dans les tribunaux, en particulier lorsqu'il s'agit d'examiner la vie et le passé sexuels des plaignantes et plaignants pour établir leur crédibilité[33]. Avant l'adoption en 1992 de l'article 276 du Code criminel, qui garantit

30 Julie Desrosiers, « Le traitement des victimes d'agression sexuelle devant les tribunaux canadiens : entre les avancées juridiques et la persistance des stéréotypes », *Revista Esmat*.

31 *Ibid.*

32 *Ibid.*

33 *Ibid.*

aux victimes le droit à un procès équitable et à la protection de leur vie privée, un procès pour viol «était l'occasion d'une véritable enquête de moralité, où le passé sexuel de la plaignante était scruté dans tous ses aspects[34]», à tel point que les études et les victimes, pour décrire l'humiliation de contre-interrogatoires très éprouvants, ont évoqué un traumatisme rivalisant avec celui de l'agression elle-même, cette fois provoqué par la justice.

En «évaluant» le passé sexuel des plaignantes et des plaignants, les législateurs cherchaient à constater les comportements les rendant susceptibles de consentir à d'autres activités sexuelles. Selon cette perspective de dinosaure, une plaignante «de mœurs légères» ou «de caractère immoral» pouvait mentir au tribunal sur son agression[35]. Les victimes qui cumulent les fréquentations doivent donc coucher avec n'importe qui. De tout temps, on a méprisé les femmes qui vivent librement leur sexualité. Dans le langage populaire, on appelle ça du *slutshaming*.

Il est aujourd'hui démontré que ces contre-interrogatoires favorisaient les acquittements, et il n'est plus envisageable de s'intéresser au passé sexuel des plaignantes et plaignants, sinon en suivant certains principes[36]. Si Kim (nom fictif) a bien voulu participer à un *trip* à trois dans un spa, et qu'elle a subi

34 *Ibid.*
35 *Ibid.*
36 Conseil du statut de la femme, *La violence faite aux femmes : à travers les agressions à caractère sexuel.*

ultérieurement une agression sexuelle, cela ne délégitimera pas son témoignage en cour.

D'autres avancées nous prouvent que le droit s'adapte petit à petit. Au Canada, la notion de consentement a été précisée par l'arrêt Barton, prononcé par la Cour suprême en 2019[37]. Dans cette affaire portée en appel en 2018, les avocats de la défense avaient misé sur des stéréotypes racistes et sexistes à l'égard des femmes autochtones pour infléchir le verdict des jurés. Cindy Gladue, une travailleuse du sexe, est morte dans une chambre d'hôtel, de l'hémorragie d'une blessure vaginale infligée par Bradley David Barton. Ce dernier a d'abord été acquitté de l'accusation de meurtre au premier degré. Dans son premier argumentaire, la Couronne avait pourtant fait valoir que Barton avait causé la mort de la femme, alors aux facultés affaiblies, au cours d'une agression sexuelle.

La défense de l'accusé avait objecté en cour que madame Gladue avait consenti à des «relations sexuelles brutales». En condamnant fermement les erreurs de droit du précédent jugement (dont les croyances de l'accusé, voulant que le statut de travailleuse du sexe de Cindy Gladue, leurs activités sexuelles antérieures et l'absence de signes de désaccord aient équivalu à un consentement «par avance»), les juges de la Cour suprême ont statué qu'un consentement clairement exprimé est formulé par une personne consciente,

37 «La cause en bref: *R. c. Barton*», *Cour suprême du Canada*.

lucide, capable d'accorder et de révoquer son consentement à chaque acte sexuel[38].

Selon le rapport de l'Enquête nationale sur les femmes et les filles autochtones disparues et assassinées, la violence au Canada cible les femmes autochtones de manière disproportionnée[39]. La déshumanisation de Cindy Gladue dans ce premier procès en résultait directement. Et ce cas est loin d'être isolé. Selon des enquêtes menées par le gouvernement fédéral entre 2018 et 2019, soixante-trois pour cent des femmes autochtones du Canada ont vécu une agression physique ou sexuelle[40]. C'est odieux, et ça doit cesser.

38 *Ibid.*

39 Enquête nationale sur les femmes et les filles autochtones disparues et assassinées, *Réclamer notre pouvoir et notre place*.

40 « Les femmes autochtones sont davantage victimes de violence, selon deux enquêtes fédérales », *Radio-Canada*.

Pas violé·es

> C'est une petite cochonne qui est attirée par l'odeur des cochons.
>
> GILLES PROULX[41]

En matière de violences sexuelles, il n'y a pas que le droit qui avance à pas de tortue. Les mentalités aussi évoluent très lentement. Comme chercheuse affiliée à la Chaire UNESCO en prévention de la radicalisation et de l'extrémisme violents, je m'intéresse particulièrement à l'antiféminisme. J'ai donc analysé des discussions tirées des réseaux sociaux, tournant autour des dénonciations de violences sexuelles durant la vague #AgressionNonDénoncée. On y constate que le viol est présenté comme une agression digne de faire l'objet d'une poursuite judiciaire. Les autres formes de

41 L'ex-animateur faisait alors référence à une adolescente victime de viol, lors du débat « Les adolescentes, victimes ou provocantes ? » à l'émission *L'avocat et le diable*, sur les ondes de TQS.

maltraitance, comme les attouchements, sont souvent banalisées.

C'est aussi ce que reflétaient les propos de Lise Payette, quand elle m'a affirmé qu'il valait mieux ne pas porter plainte, puisque *je n'avais pas été violée.* Qu'avais-je à me plaindre, à faire une montagne pour rien du tout? Cette tendance à dénigrer les victimes découle de siècles entiers de piétinement de la parole des femmes. L'héritage d'une misogynie qui a marqué les consciences pour des générations.

J'ai aussi l'impression que le bagage juridique de madame Payette l'a confortée dans sa perspective. Celle du droit d'autrefois, où seul le viol était considéré comme un crime, sinon comme l'unique agression sexuelle *légitime.* En cour comme ailleurs.

En 1892, le premier Code criminel canadien définissait le viol de cette façon: «l'acte d'un homme qui a un commerce charnel avec une femme qui n'est pas son épouse, sans le consentement de cette femme, ou à la suite d'un consentement qui lui a été arraché par des menaces ou la crainte de lésions, ou obtenu en se faisant passer pour le mari de cette femme ou par de fausses et frauduleuses représentations au sujet de la nature et du caractère de l'acte[42].»

La preuve d'un crime de viol se faisait à la seule condition d'un rapport sexuel *avec* pénétration, en l'absence de consentement. On aura deviné que le viol conjugal n'était pas reconnu comme un crime, ou

42 Conseil du statut de la femme, *op. cit.*, p. 23.

reconnu tout court. Les maris bénéficiaient de l'immunité: «une femme qui se mariait donnait son consentement à vie à des relations sexuelles avec son époux. La discrimination du Code criminel basée sur le sexe et l'état matrimonial était manifeste[43].»

Pour le Conseil du statut de la femme, l'évolution du droit criminel en matière de violences sexuelles se comprend d'après un continuum qui va du viol en tant qu'atteinte «à la propriété de l'homme puis comme un acte contraire aux bonnes mœurs[44]» à une reconnaissance, tardive, de l'ensemble des agressions sexuelles, vues comme des atteintes aux droits de la personne, ce qui met l'accent sur la violence du crime plutôt que sur son aspect sexuel.

Après plus de dix ans de lobbying de la part des organisations féministes et la réforme législative de 1983, le crime de viol n'existe plus: on lui a substitué l'infraction d'agression sexuelle[45]. Il s'agit là d'un réel progrès, qui permet aux tribunaux de combattre la discrimination et d'autoriser plus de poursuites.

Un jugement de 2021 du magistrat Serge Cimon de la Cour du Québec dans une affaire d'attouchements sur une jeune fidèle me semble éloquent à ce sujet[46]. En rendant le verdict de culpabilité contre

43 *Ibid.*
44 *Ibid.*
45 J. Bouchard, S. Boyd et E. Sheehy, «Recherches féministes en droit au Canada: une bibliographie annotée», *Revue juridique La femme et le droit*.
46 Michael Nguyen, «C'est la prison pour un pasteur», *TVA Nouvelles*.

le pasteur Didier Bitemo Kifoueti, le juge a rappelé qu'une agression sexuelle «n'est pas une "perte de contrôle", mais bien une "prise de contrôle" de l'intégrité physique de la victime et l'imposition par la force de la volonté de l'agresseur[47]». En citant un arrêt de la Cour suprême de 2020 portant sur la violence sexuelle contre les enfants, Serge Cimon a eu la clairvoyance de souligner qu'il ne saurait exister de hiérarchie de la gravité: «Même sans blessures physiques graves, une agression sexuelle peut laisser des blessures psychologiques importantes pouvant prendre toute une vie pour guérir[48].» Cet autre passage du verdict donne espoir: «L'agression sexuelle est un fléau [...]. Les tribunaux l'ont trop longtemps banalisée. Aujourd'hui, il est reconnu que toutes les formes de violence sexuelle, y compris [celles] faites aux adultes, sont moralement blâmables, parce qu'elles comportent l'exploitation illicite d'une victime par un accusé qui traite celle-ci comme un objet en faisant fi de sa dignité humaine[49].» Le juge Cimon, ce jour-là, a rappelé à l'ordre notre société. Il n'y a pas que le viol qui soit un crime grave, toutes les agressions sexuelles le sont.

47 *Ibid.*
48 *Ibid.*
49 *Ibid.*

Ressac

Montréal, novembre 2016

J'ai vingt-cinq ans.

Je me trouve au Salon du livre pour faire la promotion du livre que j'ai coécrit avec Marie Hélène Poitras, *Les superbes,* une enquête sur le succès et les femmes. Dans cette atmosphère aussi intimiste que celle d'un Costco un dimanche après-midi, la masse compacte des visiteurs m'étourdit. L'air sec m'irrite, la lumière des néons m'éblouit. Je suis timide. Malgré le privilège que j'ai de rencontrer les lecteurs et les lectrices, il m'arrive de me sentir comme une impostrice. Dont les écrits sont de trop.

Une jeune femme qui patientait dans la file arrive à nous en pleurs. Nous vivons une rencontre empreinte de vérité et de douceur. J'accueille ces moments comme ils viennent et prends conscience de ma chance d'avoir droit à des échanges aussi vrais.

Une journaliste que je reconnais lui succède. Appelons-la Christine pour les besoins de la cause. Christine, autrice publiée cette année-là et journaliste d'expérience, vient se procurer notre livre.

«C'est important ce que vous faites, les filles.»

Elle m'apprend qu'elle a dû quitter son poste dans un quotidien à cause de mon histoire. Coup de poing au visage.

Elle a défendu ma réputation. Le conseil d'administration de son journal allait nommer John Doe à sa direction. Elle s'y est opposée avec véhémence: «Je croyais que mon journal était féministe.»

Elle évoque cet épisode avec nervosité.

— J'ai payé cher mon soutien, Léa. Si tu savais ce qu'ils disent de toi.

Je n'ai pas de mots pour exprimer mon dégoût et ma colère, ma consternation. Elle me dit que certaines personnes influentes me traitent de salope. Oui, bon, d'accord.

— Je suis tellement désolée, Christine. C'est scandaleux que tu aies dû partir pour cette raison. Injuste.

Je ne connaissais pas personnellement Christine avant qu'elle ne se présente à notre stand. Le *backlash* se fait sentir.

Salope

Si tu savais ce qu'on dit de toi ma petite fille.
Salope.

Juste ça.
La minuscule.
La petite conne de stagiaire.
Tais-toi salope.
Avale.
Tu perturbes les hommes en cravate.
Tentatrice.
Salope hystérique – j'invente je délire j'intrigue.
Je vous méprise et je vais vous vomir dessus.

Culture du viol

[kyltyʁ dy vjɔl] n. f. – Ensemble de comportements qui banalisent, excusent et justifient les agressions sexuelles, ou les transforment en plaisanteries et divertissements. Le corps des femmes y est considéré comme un objet destiné à assouvir les besoins des hommes. Les commentaires sexistes abondent et ils créent un climat confortable pour les agresseurs. Dans une telle culture, la responsabilité de l'agression repose sur la victime, dont la parole est remise en cause[50].

50 «Culture du viol», *Conseil du statut de la femme.*

#MoiAussi

Montréal, 26 octobre 2017

Nous sommes en pleine déferlante #MeToo. Grâce au travail rigoureux de journalistes et au courage de millions de victimes, on remet en question les privilèges des agresseurs. Le 5 octobre, l'affaire Weinstein a éclaté[51]. Ce scandale implique un magnat du cinéma américain, producteur de films à succès et fondateur de la boîte de production Miramax. Une douzaine de femmes ont accusé Harvey Weinstein d'agressions sexuelles, de harcèlement et de viol, bientôt suivies par d'autres femmes de l'industrie cinématographique[52]. Weinstein sera arrêté en mai 2018, puis condamné le 24 février 2020 à vingt-trois ans de prison pour le viol de Jessica Mann et une agression sexuelle commise sur Mimi Haleyi.

51 Jodi Kantor et Megan Twohey, « How the Harvey Weinstein Story Has Unfolded », *The New York Times*.

52 À la fin d'octobre 2017, l'actrice Asia Argento a publié la liste des personnes ayant déclaré avoir été agressées par Weinstein : quatre-vingt-treize femmes se sont dites ses victimes et quatorze autres ont affirmé qu'il les a violées.

Le 14 octobre, une des dénonciatrices d'Harvey Weinstein, l'actrice et militante Alyssa Milano, a repris sur Twitter la campagne #MeToo, invitant les femmes à faire part de leurs expériences des violences sexuelles pour sensibiliser la population à l'ampleur du problème: «Si vous avez été victime de harcèlement ou d'agression sexuelle, écrivez "moi aussi" en réponse à ce tweet[53].» En moins de vingt-quatre heures, douze millions de publications à travers le monde utilisent le mot-clic. C'est un moment historique profondément émancipateur.

Le mouvement #MeToo tire son origine du travail d'une activiste américaine afrodescendante, Tarana Burke, directrice des programmes de l'organisation Girls for Gender Equity, qui lutte contre le sexisme et le racisme[54]. Elle a créé en 2003 l'association Just Be Inc. pour venir en aide aux personnes mineures victimes de violences sexuelles. En 2006, cette travailleuse sociale met sur pied une chaîne de solidarité dans les quartiers défavorisés de Selma, sa ville en Alabama. Elle-même survivante d'agressions sexuelles, Burke choisit le slogan *me too* afin d'encourager les jeunes à briser le silence.

Le Québec aussi est happé par la vague. Gilbert Rozon, un récidiviste, est de nouveau dénoncé. D'après une enquête menée par Monic Néron et Émilie Perreault au 98,5 FM, et par Améli Pineda au *Devoir,* neuf femmes

53 «If you've been sexually harassed or assaulted write 'me too' as a reply to this tweet.» Toutes les traductions sont de nous.

54 Jodi Kantor, «The Surprising Origins of #MeToo», *The New York Times.*

accusent le fondateur du festival Juste pour rire de harcèlement et d'agressions sexuelles[55]. Cinq d'entre elles déposeront une plainte auprès du Service de police de la Ville de Montréal (SPVM): Anne-Marie Charrette, Lyne Charlebois, Pénélope Mcquade, Julie Snyder et Patricia Tulasne[56].

La nouvelle me prend à la gorge. Je ne peux plus fonctionner sans que ressurgissent l'agression que j'ai subie et ma rencontre avec Lise Payette. Les diverses tentatives de me réduire au silence reflètent une volonté d'omerta, dictée par des personnes de pouvoir qui tirent les ficelles et contrôlent les autres. Toute cette histoire m'apparaît soudain inacceptable. Je prends conscience de la possibilité et de la nécessité de dénoncer les prédateurs qui nous ont exploitées. Je décide de sortir de l'omerta. Moi aussi, je veux parler.

Justice n'a pas été faite, on ne m'a pas respectée. Cela m'a pris presque dix ans, mais je suis en colère. Qu'est-ce que je dirais à ma fille s'il lui arrivait la même chose? Aurais-je demandé à ma sœur, à ma mère, à ma meilleure amie d'oublier? Je veux parler, parce que c'est un acte concret de reprise de pouvoir, pas seulement pour moi, mais pour toutes et tous. Des enquêtes sur John Doe seraient en cours: j'ai refusé des demandes

55 Améli Pineda, «Allégations de nature sexuelle: Gilbert Rozon visé par neuf femmes», *Le Devoir*; Monic Néron et Émilie Perreault, «Affaire Rozon: une enquête d'Émilie Perreault et de Monic Néron. Témoignages», *98.5 FM*.

56 Benoît Philie, «Trois autres femmes portent plainte contre Gilbert Rozon: Pénélope McQuade, Lyne Charlebois imitent Julie Snyder», *Le Journal de Montréal*.

de journalistes. Je ressens une responsabilité nouvelle, celle de parler. J'apprendrai le lendemain par un article du *Devoir* que deux autres personnes ont déclaré être victimes de John Doe. Nous serions trois[57].

Je soupèse aussi les risques. Le premier, celui d'un procès pour diffamation, au civil, qui pourrait me coûter très cher. Un ami avocat me promet qu'il est prêt à défendre ma cause pro bono. J'appelle un contact, avocat au criminel, dont la clientèle comporte beaucoup de personnes accusées d'agression. Il me prodigue plusieurs conseils sur ce que je devrais révéler ou non, et la manière de le faire. Sans surprise, je l'entends me suggérer fortement de porter plainte. Face à la marée de voix qui dénoncent sur les réseaux sociaux et dans les médias, les juristes et l'opinion publique persisteront à considérer les tribunaux comme la seule façon honorable que justice soit faite.

J'appréhende le long et difficile chemin que représente une poursuite judiciaire, mais mon interlocuteur me trouve confiante. C'est le bon moment dans ma vie. J'ai l'appui de mes proches, qui jugent inexcusable ce que j'ai enduré.

Deuxième risque: m'afficher comme une victime. Je crains moins cette étiquette qu'un *backlash* et ses violences. Après plusieurs années de présence sur les réseaux sociaux, échaudée par #MeToo, j'ai abandonné l'idée de plaire à tout le monde. Des femmes fortes et

57 Voir Améli Pineda et Marie-Lise Rousseau, « Inconduite sexuelle : Michel Venne mis en cause par trois femmes », *Le Devoir.*

brillantes avouent publiquement avoir vécu une agression: le symbole est fort. Je veux montrer que la honte a changé de camp. En me tenant debout, je résiste aux tentatives de salissage de celles et ceux qui se sont portés à la défense de John Doe. D'autres femmes me soutiendront si je me fais attaquer. J'ai mon armée.

J'écris ma déclaration en pyjama, dans mon lit, le portable sur les genoux. Ça sort tout seul. Il le fallait.

Je programme un statut pour le lendemain, soit le 26 octobre à midi. J'installe l'application SelfControl, qui bloquera mon accès à Facebook. Pas envie de lire les trolls qui s'acharneront sur moi. Et puis, boum.

J'appuie sur «publier».

J'ai franchi le pas.

Appelez-la Lise

Montréal, 19 octobre 2017

Une semaine avant de faire ma déclaration sur Facebook, je me suis décidée à appeler madame Payette et à l'enregistrer sans l'avertir. Une entreprise contestable, je le conçois, mais nécessaire. J'allais parler publiquement de notre rencontre de 2015.

Deux ans plus tard, le souvenir des propos échangés avec l'ex-ministre de la Condition féminine sur le sofa en cuir blanc de L'Île-des-Sœurs me brûle encore. «Tu déranges, Léa. Tu vas en payer le prix.» Des phrases reviennent me transpercer, et je les tourne et retourne sans les assimiler ni les comprendre. Lise Payette a voulu me faire taire. Et, sous sa pression, j'ai cédé à la peur de prétendues poursuites judiciaires. Je suis convaincue que le recours au chantage de madame Payette participait de l'abus de pouvoir. Celui d'une figure d'autorité sur une alliée féministe. Pour reprendre mes esprits, je me raconte souvent la scène comme si j'y étais étrangère: *Après deux heures d'entretien, la discussion tourne au vinaigre. Lise Payette incite la jeune femme à signer une lettre démentant les rumeurs de l'agression, qui sera remise au conseil d'administration du* Devoir *pour blanchir John Doe. Sous le choc, la jeune femme tape la lettre dictée par Lise Payette sur l'ordinateur de cette dernière. Payette en imprimera une copie que la jeune femme signera, quittant les lieux sans aucune copie en main.*

Je crois aujourd'hui que l'intervention de Lise Payette a été un des éléments déclencheurs de ma décision de dénoncer mon agresseur. En 2017, je veux me rétracter, donner ma version des faits, et l'avertir que je vais reprendre le contrôle de mon histoire. Durant notre conversation téléphonique, madame Payette ne me dira jamais où se trouve la lettre. John Doe l'aurait prise, mais pour en faire quoi? Le 26 octobre, quelques heures après ma dénonciation publique, elle confirmera au *Journal de Montréal* que notre discussion chez elle a bien eu lieu. Elle admettra une partie de ses torts, tout en tenant un double discours dans les médias. «Je lui ai donné de l'information pour qu'elle puisse mesurer sa décision. Elle était libre. Mais moi, je lui ai expliqué que ça pouvait avoir des conséquences sur son avenir et sur la façon dont elle allait être traitée par la suite.» Le titre de l'article d'Annabelle Blais avait le mérite d'être clair: «Lise Payette reconnaît avoir tenté de dissuader Léa Clermont-Dion de porter plainte».

Mais le matin du 17, j'en suis à prendre mon téléphone pour composer son numéro. Voici des extraits verbatim de notre échange[58]:

58 Ce verbatim a été déposé en preuve par la Couronne. Isabelle Mathieu, «La Couronne veut déposer les mots de Lise Payette au procès de Michel Venne», *Le Soleil*.

Lise Payette: Oui, allo?

Léa: Oui, bonjour, madame Payette, ça va bien?

Lise Payette: Oui, ça va bien. Je parle à qui?

Léa: À Léa.

Lise Payette: Ah, bonjour Léa.

[...]

Léa: Comment va la santé, d'ailleurs?

Lise Payette: Comment vas-tu, toi?

Léa: Ah, bien. Ça va bien, j'ai, en fait... Je suis enceinte, là, donc j'attends un petit bébé.

Lise Payette: T'es enceinte?

Léa: Oui.

Lise Payette: Heille, wow!

Léa: Ouais, je suis enceinte... Mais là, c'est encore mon premier trimestre, donc je l'ai pas encore annoncé à tout le monde, mais, oui, je serai maman. [...]

Lise Payette: Je suis respectueuse de ça, je ne le dirai pas, moi, ne t'inquiète pas. Je vois que tu fais une jolie carrière aussi? [...]

Léa: Oui, justement je m'en vais à Paris là, en fait, donner une conférence au barreau avec Laura Boldrini, qui est présidente du Parlement italien, sur la misogynie en ligne, donc je suis assez contente. Oui, c'est ça, donc, écoutez, ça va bien. Ces derniers jours, j'ai eu [une] réflexion par rapport à notre discussion de l'année passée[59] [...]. Bon, vous avez vu ce qui se passe en ce moment avec Salvail et avec Rozon, etc., et je me demandais en fait... J'ai repensé à ce que j'avais... à la lettre que j'ai signée l'année passée, que vous m'avez fait

59 Il s'était en fait écoulé deux ans depuis notre rencontre chez Lise Payette.

signer, et je réalise avec du recul que je ne suis plus tout à fait à l'aise [avec] cette lettre-là, [son] contenu, parce qu'avec du recul, je vous l'avais pas dit, mais je m'étais sentie vraiment un peu intimidée dans ce contexte-là, et comme je vous respecte beaucoup puis que j'admire votre travail, je trouvais qu'il était préférable de vous appeler pour vous le dire, que j'étais pas à l'aise avec ce texte-là.

Lise Payette: Ben, écoute, c'est dommage parce que... moi, je trouve que ça t'a rendu service parce que tu sais, dans le marasme actuel, là... Puis je trouve qu'actuellement, c'est pas beau ce qu'on voit, là. Il y a beaucoup de choses d'ailleurs... À la fin de tout, là, on va se rendre compte qu'il y a des choses qui ont été exagérées, il y a des choses qui n'ont pas été dites... Ça va être [un] mélange un peu particulier. Alors moi, je suis plutôt contente de penser qu'on a réussi à te sortir de ça et à te permettre de faire ce que tu fais maintenant. Ça ne t'a pas fermé de portes d'aucune façon. Et moi, la personne dont on parle que je ne nommerai pas, là, mais la personne dont on parle, je ne l'ai jamais revue, je ne sais pas ce qu'il devient, et ça ne m'intéresse pas.

Léa: Pourquoi? Ce n'est plus votre famille?

Lise Payette: C'est juste quelqu'un pour qui j'ai eu une grande empathie. Alors, la seule chose que j'ai faite, et ç'a été ma décision, c'est d'essayer d'aider un couple à ne pas éclater. Son épouse n'en pouvait plus, ses enfants allaient payer le prix et ça, je trouvais ça dommage. [L]ui, je m'en fous complètement. Et la preuve de ça, je vais te raconter ce qui est arrivé par la suite que tu n'as pas su. C'est que moi, j'ai assumé cette démarche. Je travaillais à ce moment-là au *Devoir* et j'ai été mise à la porte du *Devoir* à cause de ça.

[...]

Léa: Parce qu'en fait, la lettre a été envoyée au CA, c'est ça?

Lise Payette: Écoute, moi, je ne sais pas, c'est-à-dire que je sais pas ce que lui en a fait, mais probablement qu'il l'a envoyée au *Devoir,* puisqu'il prétendait aller chercher ce poste-là, qu'il n'a pas eu.

[...]

Lise Payette: Je sens que ça t'étonne...

Léa: Est-ce que... Mais pourquoi avoir fait cette démarche-là? Est-ce que c'était cette personne-là qui vous avait demandé de m'écrire, de me rencontrer? Ou c'était vraiment parce que vous sentiez que c'était la bonne chose à faire?

Lise Payette: Probablement que je sentais que c'était la bonne chose à faire pour la famille. Moi, je ne les connais pas. Je ne connais pas son épouse, je ne connais pas ses enfants, mais quand il m'a raconté comment ça se passait à la maison, puis ce [qui] allait arriver, c'était une catastrophe totale. Alors, j'ai pensé que plutôt que de faire ça, comme tu pouvais, toi, être mise à l'abri... Et j'avais l'impression [qu'avec] la beauté que tu as, le talent que tu as, tu allais faire ton chemin. Alors, j'ai essayé de jouer [de] tout ça en même temps pour que personne ne sorte de ça marqué pour le reste de ses jours.

[...]

Léa: Mais c'était votre idée, cette lettre-là? Ou c'était plus, mettons, [John] que c'était son idée de... Parce que je peux comprendre qu'en même temps... C'est sûr et certain que moi à sa place, si je voulais être directeur du *Devoir,* c'est sûr que ça prend un appui [...].

Lise Payette: Je n'[en] ai aucune idée, je ne peux pas répondre à ça. Je ne le sais pas. Je ne sais pas à quoi ç'a servi, je ne sais pas pourquoi le conseil d'administration a été mis au courant. Je ne me souviens même pas du nom de la personne qui est venue ici. Il y a une personne qui s'est présentée ici au nom du conseil d'administration. Écoute, qu'est-ce que tu veux que je dise, moi? C'est-à-dire, j'ai rien à raconter. J'ai pas du tout raconté que tu étais venue me demander de t'aider, pas plus que j'ai raconté que je l'avais vu, lui.

Léa: Ben, je ne suis jamais venue [...] demander que vous m'aidiez. Vous m'avez fait venir et là vous m'avez parlé de votre plan.

Lise Payette: Oui, c'est ça, oui.

[...]

Léa: Si demain, là, par exemple, je sortais pour dire: j'ai vécu ça avec [John Doe], et [qu'il y] a un appui de témoignage, peu importe parce qu'il y avait d'autres victimes, est-ce que [la lettre] pourrait revenir?

Lise Payette: Ça, c'est ta vérité à toi, elle t'appartient. Moi, la seule chose que j'ai envie de te dire, c'est: ça va être laid ce qu'on va vivre et, au lieu de t'aider, ça va te nuire. Parce que, là où tu es rendue maintenant, t'as des choses entre les mains, tu vois. Ça marche pour toi, là. Tu avances bien et, si tu te replaces dans cette situation-là, telle que tu es maintenant, là, peut-être que dans dix ans tu diras: je peux tout raconter ça, c'est pas grave. Mais en ce moment, si moi, j'étais à ta place, je ne bougerais pas. Je ne dirais rien. Je continuerais à faire le travail que je fais.

[...]

Lise Payette: Quand tu seras un peu plus vieille, là, tu écriras un livre là-dessus.

Léa: Mais en tout cas, je suis quand même... J'aurais aimé ça, question d'intégrité... Parce que j'ai subi du harcèlement sexuel à dix-sept ans de la part de [John Doe] et, t'sais, ce qui est écrit dans la lettre, c'est contraire à ma pensée. Puis avec du recul, si c'était à refaire, surtout que vous me dites que ç'a pas aidé personne, cette histoire-là, je l'aurais pas signée, cette lettre-là. Puis avec du recul, je voulais vous le dire que c'était contre mon gré tout ça, finalement. Je ne suis pas contente de cette situation-là qui s'est passée à l'époque avec [John Doe]. Je ne le suis pas plus aujourd'hui, mais, pour moi, cette lettre-là est comme invalide puis... Vous comprenez pourquoi?

Lise Payette: Oui, absolument. Mais, en même temps, je ne suis pas sûre qu'on aurait pu faire mieux à ce moment-là. Moi, en tous les cas, là, ma conviction profonde, c'est qu'on a fait quelque chose de bien qui ne fait pas de mal autour, qui te protège, toi, puis c'était ça, l'objectif.

[...]

On me dit

alors on me dit qu'il faut porter plainte que porter plainte est périlleux qu'on va me poursuivre pour diffamation que les agressions sexuelles c'est mal on me dit qu'il ne m'a pas violée que je l'ai sûrement cherché après tout je suis malicieuse que ce n'est pas grave que ça va passer qu'il ne faut pas tolérer ce genre de comportement on me dit que me taire n'est pas digne et que parler est dangereux on me dit de ne pas être en colère de rester calme qu'il ne faut pas pleurer mais pleurer un peu paraît bien pleurer beaucoup paraît mal on me dit de rester rationnelle de ne pas trop me maquiller de ne pas faire ma radicale de ne pas avoir l'air enragée on me dit d'être patiente de taire mon féminisme et de ne pas tourner de documentaire on me dit de ne pas écrire on me dit d'être gentille

Porter plainte

Montréal, 25 octobre 2017

Parallèlement à la rédaction de ma publication Facebook, j'appelle la ligne de dénonciation mise sur pied par le SPVM. En temps normal, on peut communiquer avec un poste de quartier ou s'y présenter[60]. Un patrouilleur, ou une patrouilleuse si on en fait la demande, remplit un rapport d'événement qui, selon la situation, sera confié ou non à un enquêteur ou une enquêtrice. Dans une enquête criminelle, cette étape dite de la « prise de déclaration » précède la déposition officielle. Mais nous ne sommes pas en temps normal : depuis #MeToo, les victimes se déclarent en trop grand nombre. J'ignore à quoi m'attendre, mais je comprends que mon coup de fil servira à une sorte de prise de rendez-vous avec l'équipe d'enquête :

Une fumeuse invétérée décroche.

La voix : Allo.

60 Les références complètes destinées aux victimes se trouvent dans la section « Ressources » en fin d'ouvrage.

Moi: Oui, j'appelle parce que je veux dénoncer une agression sexuelle.

La voix: OK...

Moi: Ç'a été fait dans un contexte de travail. Par mon patron.

La voix (*particulièrement rauque et aigrie*): Ah non, pas une autre.

Moi: Ouin, madame. Que voulez-vous?

La voix: Hum, hum. Donc, ça s'est passé quand?

Moi: En août 2008.

La voix: C'était quoi, l'organisation?

Moi: L'Institut du Nouveau Monde.

La voix: L'Institut du nouveau... quoi?

Visiblement, la préposée n'adhère pas au branding *du nom.*

Moi: Monde. Je sais, ça sonne église évangéliste...

Le questionnaire dure quelques minutes tout au plus. Le ton est mécanique. Celui d'un service à la clientèle dont l'employée est lasse de répondre aux appels. On sent la machine derrière, qui avale ses pions. Une équipe d'enquête me contactera. Ma plainte est enregistrée et transférée au Service de police de la Ville de Québec, là où le crime a été commis.

Le premier contact avec les autorités est crucial et aura une influence décisive sur le parcours d'une victime. Qu'ils dépendent du service d'urgence 911, d'un centre de santé dans le cas d'un examen gynécologique de la trousse médico-légale, ou qu'ils soient patrouilleurs, les premiers répondants et répondantes devraient pratiquer une écoute active et être formés à répondre aux besoins des victimes. Je conseille aux plaignantes et plaignants d'attendre de se trouver dans un bon état d'esprit, au calme, pour procéder à leur déclaration. Même si toutes les démarches juridiques de l'enquête seront entreprises par le procureur, je recommande aussi de consulter une ou un avocat au préalable. L'organisme Rebâtir offre quatre heures de consultation juridique sans frais dans tous les domaines du droit.

La réplique

Le 9 janvier 2018, dans le journal *Le Monde,* un collectif de cent Françaises, dont Ingrid Caven, Catherine Millet, Catherine Robbe-Grillet et la plus célèbre, Catherine Deneuve, déclenche une polémique en signant une tribune: «Nous défendons une liberté d'importuner, indispensable à la liberté sexuelle[61]». Les autrices y affirment leur rejet d'un certain féminisme associé à #MeToo, qui exprimerait une «haine des hommes». Leur thèse veut que le viol soit un crime, mais que la drague insistante ou maladroite ne soit pas un délit, ni la galanterie une agression machiste. Les agissements dénoncés dans la foulée de #MoiAussi n'entretiennent pourtant aucun lien avec des jeux mutuellement consentis dans l'amour et la séduction.

Chaque vague de dénonciations a systématiquement engendré sa réaction. Plusieurs ne se sont pas privés de leur droit de réplique devant la confusion argumentative des cent autrices, dont moi-même dans les pages du *Monde*: «Faut-il rappeler aux signataires de la

61 Catherine Deneuve *et al.*, «Nous défendons une liberté d'importuner, indispensable à la liberté sexuelle», *Le Monde*.

lettre quelques notions juridiques? L'agression sexuelle est un délit puni par les articles 222-27 à 222-039 du Code pénal et se définit comme suit: “Constitue une agression sexuelle tout atteinte sexuelle commise avec violence, contrainte, menace ou surprise.” Autrement dit, l'agression sexuelle peut en effet comprendre des attouchements, des baisers forcés, des caresses non consenties[62].»

En occupant l'espace public grâce à leur capital symbolique, les autrices de la lettre ont relégué dans l'ombre des milliers de victimes anonymes, jeunes et moins jeunes. Ce rapport de force rend impossible la discussion autour des questions légitimes que soulève le mouvement #MeToo. Une société en marche est traversée de secousses: pour les dénonciatrices, il ne s'agit pas de victimisation ou de vengeance expéditive, mais d'une volonté de vivre dans un monde plus juste (et libre) pour toutes.

Selon l'autrice italienne et professeure de psychologie sociale à l'Université de Trieste Patrizia Romito, l'attaque du collectif des cent s'inscrit dans une stratégie d'occultation de la parole des victimes.

En août 2018 se tenait le huitième Congrès international des recherches féministes dans la francophonie (CIRFF). À cette occasion, je rejoins madame

62 Léa Clermont-Dion, « La troisième vague du féminisme est tout sauf conservatrice ou puritaine », *Le Monde*. Dans ma lettre, je fais référence au Code pénal français. Au moment d'écrire ce livre, les articles de la section portant sur le viol et les agressions sexuelles vont de 222-22 à 222-33-1. Le passage cité est tiré de l'article 222-22.

Romito à Nanterre pour un entretien dans une cafétéria désertée, chargée de l'odeur d'humidité particulière aux facs françaises. Grande, sa tignasse argentée nouée en une tresse, la chercheuse parle doucement avec un accent dont le charme latin opère: «Dans les réactions à #MeToo, surtout en Italie, où le mouvement s'appelle *Quella volta che,* et en France avec #BalanceTonPorc, la banalisation des violences était évidente [grâce à] des arguments de type: "Pourquoi ne pas avoir dénoncé plus tôt?" [...] Mélangeant les stratégies de naturalisation et de banalisation, [les signataires] soutenaient qu'il est "normal" et "naturel" pour l'homme de draguer (l'homme est [un] chasseur, n'est-ce pas?), histoire d'excuser [ses] comportements», m'explique-t-elle.

Romito a consacré plusieurs décennies à l'étude des violences faites aux femmes et à leurs effets sur leur santé mentale, décortiquant finement les rapports de domination systémiques à l'œuvre dans nos sociétés. Selon ses observations, les violences contre les femmes et les enfants se manifestent au quotidien dans une multitude de gestes et de mécanismes de contrôle visant à restreindre leur liberté. Contrairement aux croyances admises et malgré les progrès accomplis dans les mentalités, la violence sexuelle envers les plus faibles demeure courante. Dans son ouvrage *Un silence de mortes,* une référence en la matière, Romito s'est intéressée à notre déni collectif et a tenté de comprendre pourquoi les agresseurs bénéficient d'une telle impunité, en dépit de l'ampleur du phénomène.

Elle a interviewé des centaines de femmes violentées, recueillant des histoires condamnées au silence, singulières et percutantes. Un élément commun les relie cependant: le manque de soutien ou l'inadéquation des solutions proposées par les institutions sociales comme la police, les tribunaux, les hôpitaux, les services sociaux, l'école, et même la famille.

La psychologue a choisi d'examiner comment, sur le plan individuel, chacune et chacun de nous reproduit l'exclusion des victimes évoquée ci-dessus. Par exemple, un enquêteur qui incite une personne à retirer sa plainte pour agression sexuelle n'a pas conscience que son action participe à l'invisibilisation des violences envers les femmes en général. Romito observe dans nos comportements une constante, qui consiste à tenir les victimes pour responsables de leur situation. Cela va de l'insulte et du dénigrement à la volonté de nuire, même chez les proches: «C'est la femme battue qui provoque les coups en rouspétant, en désobéissant, en cuisinant mal. C'est la femme agressée sexuellement qui a couru après son viol en buvant trop, en étant habillée de telle manière...» Ce transfert de la culpabilité aux victimes autorise notre détachement moral et contribue à légitimer leur exclusion sociale. S'ensuit chez ces dernières un phénomène corollaire d'«autoculpabilisation». Tant que leur solitude, leurs sentiments de peur et de honte les empêcheront de dénoncer ou de persévérer dans leur dénonciation, la boucle sera bouclée, et les prédateurs, restés impunis, séviront.

Romito constate par ailleurs qu'on croit davantage les agresseurs que leurs victimes. On se rangerait plus volontiers du côté du dominant et de son autorité, parce que la reconnaissance des violences dénoncées créerait des dommages émotionnels et des conflits sociaux. La philosophe Susan Brison précise ce réflexe: «Personne ne ressent de colère à l'égard de quelqu'un dont il n'est pas possible de se venger, et l'on ressent proportionnellement peu de colère, ou pas de colère du tout, à l'égard de ceux qui nous sont très supérieurs sur l'échelle du pouvoir[63].»

Cet angle du privilège permet de mieux comprendre les accusations du collectif des cent contre les victimes: «De fait, #metoo a entraîné dans la presse et sur les réseaux sociaux une campagne de délations et de mises en accusation publiques d'individus qui, sans qu'on leur laisse la possibilité ni de répondre ni de se défendre, ont été mis exactement sur le même plan que des agresseurs sexuels. Cette justice expéditive a déjà ses victimes[64].»

Quant à ma réplique, il va sans dire qu'elle n'a jamais reçu de réponse de Catherine Deneuve. Au Québec, la riposte à la tribune du *Monde* s'est organisée et a donné naissance à la déclaration commune «Et maintenant[65]», signée par des centaines de Québécoises, qui s'est attachée à nuancer les réactions suscitées par

63 Susan Brison, *Après le viol.*

64 Catherine Deneuve *et al., loc. cit.*

65 Léa Clermont-Dion, Aurélie Lanctôt *et al.*, «Et maintenant», *HuffPost.*

les dénonciations publiques, mais surtout à demander des actions concrètes pour créer un climat d'égalité et de sécurité pour toutes et tous.

L'enquête

Montréal, janvier 2018

Le temps file et je n'ai pas de nouvelles de la police. Je n'ai aucune idée de ce qui doit suivre. Aucune. Un jour, je reçois un appel. Mon écran affiche «numéro masqué».

L'enquêteur du Service de police de la Ville de Québec qui me téléphone et qui recevra ma plainte s'appelle Daniel Raymond. Malgré son ton chaleureux, je me méfie. J'apprendrai à connaître Daniel, une personne rare, durant cinq ans: c'est lui qui promènera en poussette ma fille Nina, quatre mois, dans les corridors du palais de justice de Québec pendant mon contre-interrogatoire. Pour l'instant, je garde un mauvais souvenir de la grève étudiante de 2012. Une nuit, on a matraqué sous mes yeux un de mes amis dans une manifestation. C'est le seul contact que j'ai eu avec les forces de l'ordre, et je crains ceux qui détiennent le monopole de la violence légitime.

Monsieur Raymond a été nommé responsable de mon enquête et m'informe qu'il me rendra visite à mon domicile la semaine prochaine pour recueillir ma déposition. À la suite de notre rencontre, son rapport d'enquête sera soumis au procureur aux poursuites criminelles et pénales, qui jugera si ma plainte est assez crédible pour porter des accusations contre mon agresseur.

J'accepte, un peu désemparée. L'avenir me semble flou, insaisissable. L'inconnu est fait d'appréhensions.

Février 2018

Je n'ai pas le cœur à l'ouvrage, ni à rien du tout d'ailleurs. Dehors, les flocons volettent. Le temps est maussade. Je me réfugie dans les livres, je lis *Le prince* de Machiavel. Ce traité s'adresse à un homme d'État florentin de la Renaissance, Laurent de Médicis.

Aux dires de Machiavel, un prince doit posséder certaines vertus politiques et morales puisées dans la ruse et la force. Il lui faut maîtriser l'art de la guerre et s'armer pour obtenir la paix. Alors que je médite sur le sourire narquois qu'affiche Nicolas Machiavel dans ses portraits, on sonne à la porte.

J'attends seule l'arrivée des enquêteurs. Celles et ceux qui le souhaitent peuvent être accompagnés durant leur déclaration, mais toute personne témoin doit rester silencieuse afin d'éviter que le juge puisse croire que la victime a été influencée par elle. Ma maison est rangée. J'allume une chandelle à l'arôme de cèdre pour faire bonne impression. Comme si une chandelle fabriquée par une hipster du Mile-End pouvait avoir une influence sur la perception des policiers! Deux hommes en veston-cravate se présentent. L'uniforme des enquêteurs, je présume. Je sens chez eux une ouverture d'esprit.

L'enquêteur Raymond et son confrère s'installent à la table de ma cuisine en lançant une blague sur Montréal. Ils ont fait la route depuis Québec; cela signifie pour moi que, si des procédures judiciaires ont lieu, elles nécessiteront de nombreux allers-retours. Daniel Raymond sort un calepin et un stylo à bille de sa mallette. Après une grande respiration, il s'enquiert avec respect de mon moral. Ça va, ça va.

L'enquêteur Raymond me demande de raconter mon histoire au mieux de ma connaissance. Son collègue prend des notes. J'apprendrai plus tard que ces informations, déterminantes dans l'issue d'un procès, seront remises à la cour. Je n'avais pas compris que tout ce que je dirais ce jour-là serait analysé à la virgule près et rappelé lors de mes interrogatoires. La première déclaration constitue la pierre angulaire des procédures judiciaires; c'est le cœur de la preuve.

Je poursuis mon discours sans avoir reçu aucune aide pour le préparer. Je tente de me montrer rationnelle, le plus précise possible. Les enquêteurs ont beau être courtois, leur présence chez moi demeure intrusive. L'enquêteur Raymond est à l'écoute et accommodant. Je lui accorde rapidement ma confiance.

Les enquêteurs repartent avec leurs mallettes. Il y a quelque chose de surréel à les voir s'en aller ainsi, mon destin entre les mains.

Pas dupe, je présume tout de même que ma place dans la société influence le traitement qu'on me réserve. En effet, toutes et tous ne s'équivalent pas devant la loi.

Quelques années après cette rencontre, j'ai colligé des témoignages de personnes traitées injustement par la police dans un documentaire que j'ai coréalisé, *T'as juste à porter plainte*[66]. Les groupes minoritaires font souvent l'objet de profilage racial durant le dépôt de leur plainte. Et que dire des femmes autochtones, dont les contacts avec les corps policiers n'ont historiquement jamais rien eu de rassurant?

Une jeune femme noire de Québec, Erika Vincent, n'a pas eu ma chance. Erika Vincent a vu sa demande de poursuite judiciaire refusée par la Couronne. Elle a raconté à Annabelle Caillou comment son enquêteur l'avait infantilisée, la questionnant de manière dégradante: «[L'enquêteur] m'a demandé si je trouvais [mon agresseur] attirant, s'il pouvait être mon genre même s'il était plus vieux. Il m'a demandé si j'avais eu une éjaculation féminine, si j'avais eu du plaisir quand il me violait[67].» «Le trouvais-tu beau? À un moment donné ou un autre, as-tu ressenti du plaisir? As-tu eu un orgasme? Des éjaculations féminines? As-tu fermé tes jambes assez fort?» «T'as juste à porter plainte», nous dit-on sans relâche. Et si c'était douloureux, voire inutile, de le faire?

66 *T'as juste à porter plainte, op. cit.*
67 Annabelle Caillou, «Plainte pour agression sexuelle: "Comme si c'était ma faute"», *Le Devoir*.

Le procureur

Québec, 15 mai 2018

Le printemps verdoie. Plusieurs semaines ont passé depuis le dépôt de ma plainte. Je reçois un courriel de l'enquêteur Raymond: le procureur de la Couronne désire me rencontrer.

J'arrive à la gare du Palais après avoir écouté douze fois de suite *Cold Little Heart* de Michael Kiwanuka, la meilleure chanson thème du monde, celle de la série *Big Little Lies,* réalisée par Jean-Marc Vallée.

Je connais bien la ville. J'y ai vécu pendant des années quand j'étudiais à l'Université Laval. Le palais de justice, imposant, se dresse face au fleuve. À la réception, brun fonctionnaire, on trouve les mêmes reproductions de tableaux que chez le dentiste.

Le procureur, maître Michel Bérubé, cheveux foncés, teint olive, vient à ma rencontre. Il a la mi-trentaine svelte et l'attitude protocolaire.

— Madame Clermont-Dion, veuillez me suivre.

À son accent, je devine qu'il vient du Lac-Saint-Jean. Nous nous assoyons dans son bureau, brun lui aussi. Au mur, la reine Élisabeth II me fixe.

Le ton du procureur me rappelle celui qu'on emprunte à l'Assemblée nationale. Il m'apprend qu'il y a bien eu crime, et qu'il juge la preuve digne de foi. Il m'explique aussi que, si une poursuite a lieu, elle ne sera pas intentée par moi, mais par l'État. Je deviendrai simple témoin et lui-même agira en fonction de l'intérêt général, car la personne sera jugée pour avoir porté préjudice au vivre-ensemble. Le rôle du procureur visera à s'assurer que toutes et tous respectent la loi, et à démontrer de manière impartiale au jury que l'accusé est coupable hors de tout doute raisonnable.

Je ne saisis pas tout, sauf ceci : si je souhaite que le procureur poursuive mon agresseur, c'est possible.

Cette décision m'appartient et s'annonce comme l'une des plus importantes que je prendrai. Maître Bérubé croit en moi. Mais je suis sonnée. Je me rends à la gare, où je reprends l'autobus vers Montréal. L'odeur de cigarette mouillée qui flotte dans l'air m'écœure.

Armer la rage[68]

Je suis dans mon cours de boxe au Studio Locomotion, une séance réservée aux femmes. Les filles et la coach sont si bonnes que j'ai du mal à les suivre. Je donne des coups dans le punching-ball jusqu'à ne plus sentir mes jointures.

Ça pourrait servir un jour, si je me fais attaquer.

Je me sens invincible. J'arrête de douter.

J'ai vu ma psy juste avant et lui ai appris, pour le procès. Elle aussi a vécu cette expérience. Elle ne me décourage pas. Ma mère non plus, même si elle dit de moi que je suis une idéaliste. Peut-être. Mais Clara Zetkin et Rosa Luxemburg étaient aussi des entêtées, et des résistantes. J'aime penser que je me prépare à combattre. Sinon, à quoi bon?

68 En hommage à Marie-Pier Lafontaine, autrice d'*Armer la rage: pour une littérature de combat*.

Lettre au procureur

Montréal, 16 mai 2018

Bonjour, Maître Bérubé,

J'ai consulté mes proches et je vous annonce que je suis prête à entamer des démarches judiciaires. Le geste posé par monsieur [Doe] reste très pénible à accepter pour moi. Les dommages sont nombreux, et j'en paie encore le prix.

Aujourd'hui, je veux résister à ceux qui ont voulu me briser. J'ose croire qu'on peut se fier à la justice pour défendre ses droits.

Comme je vous l'ai dit hier, après avoir dénoncé publiquement [John Doe], j'ai fait une fausse couche. Je porte en moi ce désir très fort de devenir mère. De la pérennité. Si je m'embarque dans cette aventure, c'est aussi pour mes futurs enfants. Les abus de pouvoir sur les plus jeunes me révoltent au plus haut point. Je pense que nous partageons cette sensibilité.

Je ne possède pas vos connaissances en matière de droit. Quoi qu'il en soit, sachez que je suis prête à aller de l'avant si le cœur vous en dit.

Léa

L’arrestation 2

Lecce, Italie, 16 juin 2018

Nous revenons de la plage, où les trulli se dressent face à la mer, enfarinés et picotant la vastitude du paysage à s’y perdre. C’est beau.

J’ai pourtant l’impression que tout va chavirer.

Ma confiance en moi fluctue. Ça vient, ça part. Je me serai moi-même tendu une embuscade. Va-t-on me mettre en pièces?

C’est John Doe qui sera arrêté et pas moi. Mais je me sens coupable.

Les pensées négatives reviennent par vagues. Vais-je survivre?

Le péril de la scène: assister à l’humiliation tragique de l’autre.

L’absurdité atteint son comble. Pourquoi me sentir aussi piteuse? Le sentiment de culpabilité est tenace et le mot *IDIOTE* clignote en majuscules dans ma tête. Ce que j’ai fait est laid. Inutile. Si on y pense, pourquoi un individu serait-il tenu pour responsable des abus qu’il commet? Pourquoi devrais-je endurer ce sentiment de honte?

Le procureur m'a dit qu'il me croyait. M'a confirmé qu'il s'agissait d'un acte criminel. Alors, quoi?

Je reporte mon attention sur la richesse architecturale de Lecce. À partir du huitième siècle avant Jésus-Christ, les colons grecs ont fondé en Italie du Sud des colonies connues sous le nom de *Magna Græcia*. Les traces architecturales en sont remarquables, et d'un blanc immaculé depuis deux mille sept cents ans.

Malgré la beauté obsédante des alentours, je me morfonds. Si je prends un autre bain de mer, l'eau finira par pénétrer dans mes orifices et me tuera pour de bon.

De quoi je me plains au juste? J'aimerais plus d'insouciance. Mes pieds courent sur le sol blanc et brûlant. Je veux revenir à moi. Mais c'est impossible.

Hier, il a encore plu, trop fort. J'ai eu peur que Vida la vieille chienne meure. Des bêtes jappent et me griffent le visage. Je suis vivante, mais cassée.

17 juin 2018

Ce matin après la tempête, le sol humide était tapissé de corolles froissées. J'ai salué les poules becquetant dans le pré. Gianluca et moi dégustons des cappuccinos au café du coin. Des garçons de douze ans qui roulent leurs clopes comme s'ils en avaient quarante nous épient.

On mange des *cornetti* trop sucrés au citron, on boit des jus d'orange frais pressés. Je jette un coup d'œil à mon téléphone. C'est officiel. Écrit là, dans le journal: John Doe a été arrêté à son domicile. Tous les médias québécois en parlent. Mon identité n'est pas révélée. Interdit de publication. C'est étrange, mais je lis la nouvelle comme si j'apprenais un fait divers qui ne me concernait pas ou si peu.

C'est tout. Pas de grand bouleversement existentiel. Pas plus de lourdeur non plus.

Je me rends à la plage durant l'après-midi. C'est magnifique d'être ici. Ce soir, nous dévorerons des rapinis au beurre, des pizzas, deux bières, puis on s'aimera. Plus tard, ce sera l'heure du spritz. Et j'arrêterai de penser que John Doe a été arrêté à son domicile.

*

La société me scrute et me juge.
Je ne suis nulle part
dans la piscine bleu émeraude.
Vida la vieille chienne a mauvaise haleine.
Je croque les pêches trempées dans le vin rouge.
Ça goûte l'Italie.

Aujourd'hui, je ne dis rien.

2.

Le procès

Nina, tu dors

Mont-Saint-Hilaire, décembre 2020

Quand la nuit tombe et que ma fille de trois mois sommeille, je vis dans l'illusion que rien de mal n'est arrivé, ni à moi ni à celles qui m'ont précédée. Je m'enivre de la douce chaleur de ma fille, de ce qui s'en dégage.

S'il fallait qu'on s'en prenne à elle... Où se cache le monstre endormi de la colère?

Ma fille s'endort sur moi et je veille en pensée sur les enfants qu'on a fait souffrir. Au seuil d'une respiration, je reviens à ma ronde de louve, évitant les pièges et protégeant mes petits.

Quand la nuit tombe et que des bourrasques agitent les nervures de ma vieille maison pleine d'esprits, je garde les yeux ouverts.

Les longueurs

Longueuil, 8 février 2019

Je suis enceinte de trente-deux semaines et quatre jours. Dans deux mois, Elio, mon premier enfant, va naître. Je compte les heures, les nuits. Le reste m'importe peu.

Mon fils appelle la vie, mais la besogne est lourde. L'écriture de ma thèse, le montage de mon premier documentaire, *Je vous salue salope,* ça fait beaucoup.

À 8 h 43, je reçois un appel de l'enquêteur Daniel Raymond. Je suis restée sans nouvelles de lui depuis des semaines. De toute sa sereine personne, il m'invite à la patience. Le calme avant la tempête.

Il m'apprend que je comparaîtrai en audience au palais de justice de Québec le 18 juillet 2019 pour l'enquête préliminaire, le prochain palier à franchir dans la poursuite judiciaire. Ensuite, si tout va bien, dans un an peut-être, le procès aura lieu.

Daniel Raymond ne pourra pas y assister, et ça le désole. Celui qui préserve mon lien de confiance avec l'institution judiciaire prend des vacances à ce moment-ci. Mais les disponibilités de la cour sont rares et la cause doit avancer.

Quel policier se chargera de mon dossier? Je tais le désordre qui s'agite en moi comme je sais le faire.

Ma mère aussi devra témoigner à l'audience. Mon chum trouve que j'en ai déjà beaucoup à porter; j'attendrai un peu pour les informer, elle et lui, de ce qui nous attend.

C'est quoi, d'ailleurs, une enquête préliminaire? Je m'apprête à boucler une thèse de doctorat et je ne suis pas foutue de le savoir. Google me mène vers un tas de liens[69]. J'assimile les informations avec un fort sentiment de déjà-vu. La procédure ne s'applique qu'aux infractions au Code criminel les plus graves: la poursuite y présente ses éléments de preuve à un juge de la Cour du Québec, qui décidera s'ils justifient la tenue d'un procès. Le poursuivant (c'est-à-dire le procureur de la Couronne) peut convoquer des témoins (dont ma mère) pour étayer sa preuve. L'équipe qui défend John Doe en contestera la solidité lors d'un contre-interrogatoire. En revanche, la défense pourra garder pour elle sa version des faits jusqu'au véritable procès.

Je vais à la piscine Émilie-Heymans fouetter ma pensée engluée. La moyenne d'âge des nageurs à cette heure de l'après-midi frise les soixante-treize ans. Mon costume de bain Adidas élimé comprimant mon ventre rebondi, je m'immerge dans l'eau frette en grognant. J'accumule les longueurs, mécaniquement. À ce stade de la grossesse, je me fatigue vite. Ma silhouette cambrée se meut avec difficulté sur le sol humide du

69 Dont: « L'enquête préliminaire », *Gouvernement du Canada*; « Le procès criminel, comment ça marche? », *Éducaloi*.

vestiaire. Chaque jour, je deviens un peu plus lourde. Un deuxième cœur bat au creux de mon ventre.

À l'extérieur, le vent du nord balaie le mois de février gris et laid. Gris et laid à l'image de la slotche grisée par la saleté des trottoirs. Je souffle de la vapeur à travers mes lèvres bleues. Je rêve du printemps qui n'arrive pas.

J'espère que je resterai digne. Ce qui s'en vient est insaisissable. Gianluca et moi serons des parents tout neufs. À quoi ressemble la vie d'une mère durant une enquête préliminaire ? Comment ira mon bébé naissant ? Où en serai-je avec mon film ? Et ma thèse... Mon cerveau se met en mode CNN. Je ne réfléchis pas, j'angoisse.

Des femmes d'honneur

En direction de Québec, 17 juillet 2019

L'autoroute 20 se congestionne. Il n'est pourtant que neuf heures trente, un mercredi. Ça nous fâche, ma mère et moi. Nous ne voulons surtout pas arriver en retard à notre rencontre préparatoire avant l'enquête préliminaire.

Je suis assise derrière et ma mère conduit, nerveuse. Installé dans sa coquille, bébé Elio, deux mois, mâchouille mon doigt pendant qu'elle navigue entre les dix-roues et les pick-up en mal de sensations. Allons-nous survivre à ce trajet?

Gianluca ne nous accompagne pas. Je préfère qu'il ne m'entende pas témoigner, par pudeur.

Je m'emporte contre la 20, une route dégueulasse. Quand je me sens anxieuse, je dramatise, je multiplie les hyperboles. L'existence est dégueulasse, dis-je donc.

Ma mère me raisonne:

— Tu n'aimes pas qu'on parle d'affaires négatives, d'habitude.

Sa présence me rassure, même si on voit bien qu'elle est inquiète. Ça me vient d'elle, mon courage. Incapable de déroger à son propre code, elle est allergique aux mensonges: les faits sont les faits. On doit rester fidèle à ses valeurs. Elle ne réalise pas le cadeau qu'elle m'offre en ce moment.

Ses yeux fixent la route. Je lui dis de guetter ses angles morts, les camions dangereux.

N'écoutant pas mes conseils, elle me lance: «Soyons des femmes d'honneur, Léa.» Mon fils, rond et douillet, me regarde, l'air rieur.

La panne

Mont-Saint-Hilaire, juillet 2020

Je ne réussirai jamais à finir ce livre. À la place, j'avale des talk-shows où on répète les mêmes inepties. Je regarde des téléréalités épaisses ; je deviens épaisse. Tantôt, j'ai recraché docilement la théorie de la violence comme forme de contrôle social par Jalna Hanmer pour un chapitre de ma thèse[70]. Le procès, lui, approche et je n'ai plus d'émotions. Tous les prétextes sont bons pour ne pas écrire. Le dernier : prendre rendez-vous chez mon garagiste à cause d'une fuite d'huile de ma Golf. Je suis d'une insignifiance certaine.

70 Alice Debauche et Christelle Hamel, « La violence comme contrôle social des femmes : entretien avec Jalna Hanmer, sociologue britannique », *Nouvelles questions féministes*.

Acquitté

Mont-Saint-Hilaire, 15 décembre 2020

15 h 45: une notification apparaît sur mon cellulaire. La juge Mélanie Hébert a acquitté Gilbert Rozon des accusations de viol et d'attentat à la pudeur portées par Annick Charette, pour des gestes qui auraient été commis il y a quarante ans. Dans son jugement d'une trentaine de pages, la magistrate a fait valoir «le doute raisonnable» en faveur de la défense[71]. La plaignante a pourtant témoigné avec aplomb lors du procès. Cela n'aura pas suffi. Un des procès pour violences sexuelles les plus médiatisés du Québec se solde par un échec pour la victime.

Sur les neuf plaintes visant Rozon dans la foulée de #MeToo, seule celle d'Annick Charette avait été retenue. En 1998, un premier procès intenté à l'homme d'affaires pour l'agression sexuelle d'une croupière de dix-neuf ans, à l'occasion d'une soirée anniversaire du

71 Améli Pineda, «Procès pour viol et attentat à la pudeur: Gilbert Rozon acquitté», *Le Devoir.*

festival Juste pour rire au Manoir Rouville-Campbell, s'était conclu par une absolution inconditionnelle. En échange de la reconnaissance de culpabilité de Rozon, le Directeur des poursuites criminelles et pénales (DPCP) avait retiré les plaintes pour séquestration et voies de fait.

Cette fois, Gilbert Rozon a plutôt fait valoir que c'est Annick Charette qui l'aurait violé en 1980. L'accusé a d'abord reconnu que la demanderesse avait refusé d'avoir une relation sexuelle avec lui dans sa résidence des Laurentides. Selon ses dires, ils s'étaient embrassés sur le divan et il avait cessé de la toucher aussitôt qu'elle avait manifesté son refus. Puis, coup de théâtre: «Aussi étonnant que ça puisse paraître, je me suis réveillé vers sept heures du matin et j'avais [la plaignante] qui était à califourchon sur moi. C'est elle qui était en train de me faire l'amour[72]», a-t-il raconté à la barre.

Assise dans la chaise berçante, comme une junkie je scrolle mon fil à la recherche de plus d'informations. J'allaite Nina, chigneuse, tandis que le soleil disparaît déjà à l'horizon. Instagram est en ébullition; je me joins à des discussions privées. Sur Twitter, une journaliste judiciaire de Radio-Canada, Geneviève Garon, a relayé en direct le verdict de la juge Hébert[73]:

72 Améli Pineda, «Gilbert Rozon se pose en victime consentante à son procès», *Le Devoir*.

73 Les tweets de Geneviève Garon peuvent être lus dans cet article: «DERNIÈRE HEURE: Gilbert Rozon reconnu non coupable de viol et d'attentat à la pudeur», *Monde de Stars*.

14 h 58. «[La juge] explique le raisonnement qu'elle doit suivre (WD)[74]: 1re question: Est-ce que je crois la version de #Rozon? Si oui, elle l'acquitte. Si non, 2e question: Est-ce que la version de Rozon crée un doute raisonnable? Si oui, acquitté. Si non 3e question: Est-ce que, malgré que je ne le croi[e] pas, la preuve de la poursuite me convainc hors de tout doute raisonnable? Si oui: coupable. Si non: acquitté. #Rozon La juge doit répondre à ces questions pour chaque chef d'accusation.»

15 h 03. «Croire la victime à tout prix comme dans le #MoiAussi n'a pas sa place en droit criminel, dit [la] juge. Un acquittement ne veut pas dire que [le] tribunal ne croit pas la victime, ça signifie que le [DPCP] ne s'est pas déchargé de son fardeau de prouver hors de tout doute raisonnable. #Rozon»

15 h 20. «Il n'y a pas de contradiction qui affecte la crédibilité ou la fiabilité de la plaignante. Pas d'exagération non plus, dit la juge. #Rozon»

15 h 39. «La juge résume le témoignage de #Rozon. "Il est plus affirmatif qu'il ne devrait l'être" compte tenu du temps écoulé depuis les évènements. Invraisemblable qu'il se souvienne clairement de certains petits détails, comme [de] l'utilisation d'une clef[75].»

74 L'arrêt de principe *R. c. W.(D.)* de 1991 émane de la Cour suprême du Canada. Il est invoqué pour évaluer la crédibilité des témoins dans un procès criminel, lorsqu'un tribunal fait face à des versions contradictoires.

75 Durant son témoignage, Gilbert Rozon a notamment déclaré avoir déverrouillé la porte de sa résidence, détail jugé trop affirmatif après un délai de quarante ans, selon la poursuite.

De guerre lasse, je lâche Twitter. Ultimement, la juge, moins convaincue par le témoignage contradictoire de Rozon, l'a estimé plausible, faute de preuve irréfutable et infaillible de sa culpabilité, en précisant «qu'il ne fallait pas en conclure que "le tribunal ne croit pas la victime" et [en] saluant même son courage[76]». Au Canada, la présomption d'innocence, pierre angulaire du droit criminel, est protégée par la Constitution en vertu de l'alinéa 11 d) de la *Charte canadienne des droits et libertés*.

J'allume la télévision. Aux nouvelles, on passe un extrait de la déclaration poignante d'Annick Charette à sa sortie du palais de justice de Montréal. Elle rappelle aux médias ameutés par l'odeur du scandale combien le combat entre les deux parties est inégal. Tandis qu'elle apprenait la version des faits de Gilbert Rozon lors de l'audience, celui-ci avait disposé de trois ans pour étudier la sienne, assisté de deux avocats[77] qui figurent au palmarès des meilleurs juristes de la province. Plus tard en soirée, dans une entrevue au *Téléjournal* de Radio-Canada, Annick Charette affirmera ne rien regretter: «Il faut que les victimes se lèvent et continuent de dénoncer, malgré tout, malgré les "échecs"[78]»; mais je ne serai plus devant le poste pour l'entendre.

76 Sophie-Hélène Lebeuf, «Rozon acquitté: "C'est la société qui change le droit", dit Annick Charette», *Radio-Canada*.

77 «Gilbert Rozon acquitté: entrevue avec la plaignante, Annick Charette», *Le Téléjournal*, Radio-Canada Info, sur YouTube, publié le 15 décembre 2020.

78 *Ibid.*

J'en ai assez. Mon fils revient de la garderie en pleurnichant. Nina, prise de coliques, se tortille. La journée a été mauvaise.

Intouchables

En 2019, Ronan Farrow publie *Les faire taire: mensonges, espions et conspirations: comment les prédateurs sont protégés*[79]. Dans son best-seller, le journaliste du *New Yorker* décrit l'enquête ayant mené à la révélation des crimes sexuels d'Harvey Weinstein, à l'origine du mouvement #MeToo, et pour laquelle il a partagé en 2018 le prix Pulitzer du service public avec les reporters du *New York Times* Jodi Kantor et Megan Twohey[80]. En octobre 2017, Farrow rapporte les allégations d'agressions sexuelles et de viol de treize femmes[81], corroborant les allégations d'accusations de harcèlement et d'agressions sexuelles s'échelonnant sur trois décennies dévoilées par le *New York Times*. Parmi les quatre-vingt-treize femmes ayant dénoncé Weinstein, on retrouve les actrices Asia Argento, Rosanna Arquette, Angelina Jolie, Rose McGowan,

79 Traduction française parue en 2019 chez Calmann-Lévy de *Catch and Kill: Lies, Spies, and a Conspiracy to Protect Predators.*

80 Ronan Farrow, « From Aggressive Overtures to Sexual Assault : Harvey Weinstein's Accusers Tell Their Stories », *The New Yorker* ; Jodi Kantor et Megan Twohey, « Harvey Weinstein Paid off Sexual Harassment Accusers for Decades », *The New York Times.*

81 Ronan Farrow, « From Aggressive Overtures to Sexual Assault », *loc. cit.*

Gwyneth Paltrow, Léa Seydoux et Uma Thurman, ainsi que le mannequin Ambra Battilana Gutierrez[82].

Pourquoi aura-t-il fallu près de cent victimes pour que Weinstein tombe? Je défendrais l'hypothèse, avec d'autres, que le comportement de voyou du seigneur d'Hollywood a été normalisé par toute une organisation, à la fois économique, politique et médiatique. La grande Meryl Streep aurait même qualifié à la blague Weinstein de «Dieu[83]», ce qui résume en quelque sorte le problème. Si Weinstein était un dieu au sein du milieu cinématographique américain, pourquoi n'aurait-il pas eu tous les droits?

La domination de Weinstein s'ancrait dans une méritocratie, axée sur l'argent, le succès et la reconnaissance des pairs, laquelle se concrétisait en nouvelles rentrées d'argent, en récompenses prestigieuses, etc. La philosophe féministe Patricia Hill Collins avance que les groupes dominants partagent une idéologie et des valeurs communes qui visent à légitimer leur domination sur les groupes opprimés, justifiant leur inconduite envers eux[84]. En usant de son autorité, appuyé par les policiers et les juges, Weinstein a bâti au fil des années une structure qui perpétuait les abus sexuels sur des personnes vulnérables.

Je reviens à l'idée de système. Il s'agit d'un ensemble de pratiques organisées en fonction d'un résultat, et celles entourant Weinstein étaient fondées sur la

82 «Harvey Weinstein Scandal: Who Has Accused Him of What?», *BBC*.
83 Ronan Farrow, *Catch and Kill*, *op. cit.*, p. 9.
84 Patricia Hill Collins, *La pensée féministe noire: savoir, conscience et politique de l'*empowerment, p. 40.

prédation de femmes qui dépendaient de lui. Sa mécanique d'assouvissement des fantasmes en était une de connivence. En bon bourreau, Weinstein avait pour lui ses complices, et le silence de ses victimes. Certaines personnes employées, collègues, amies et assistantes savaient. Pour s'attirer les bonnes grâces du tyran, elles détournaient le regard. Sa garde rapprochée dirigeait la gymnastique des rendez-vous pour que ses proies aboutissent à sa chambre d'hôtel. Selon Farrow, seize assistants et responsables en relation professionnelle avec Weinstein ont été informés de ses avances sexuelles non consenties faites à des femmes[85].

Ronan Farrow relate aussi comment les médias à potins d'Hollywood protégeaient l'homme. Sous son régime, celles et ceux qui osaient dénoncer ses agissements subissaient des campagnes de salissage. Comptant parmi ses relations Donald Trump, et grand donateur du parti démocrate, Weinstein se mêlait de politique. En finançant la campagne électorale de 2008 d'Hillary Clinton, ou encore en jouant les conseillers officieux auprès de la candidate à sa seconde présidentielle en 2016, il s'assurait d'un silence complaisant. Farrow a exposé dans son livre comment un ami de Weinstein, le patron du *National Enquirer,* et ses propres patrons à NBC ont fait pression sur lui pour qu'il stoppe son enquête[86].

85 Ronan Farrow, « From Aggressive Overtures to Sexual Assault », *loc. cit.*
86 Nathalie Collard, « *Catch and Kill* : les dessous de l'affaire Weinstein », *La Presse*.

Les mêmes rhétoriques d'intimidation, complexes et finement orchestrées, ont permis au financier milliardaire Jeffrey Epstein d'organiser un trafic de mineures[87]. Les femmes, pour Jeffrey Epstein et Harvey Weinstein, sont des objets. C'est l'essence du *boys' club,* théorisée par Martine Delvaux[88]: une machine d'exploitation où les personnes, déshumanisées, sont réduites à l'état de récompenses ou de trophées avec lesquels on parade, et que l'on consomme quand l'envie nous en prend. Pour ces hommes d'influence, la gloire venait avec cet horrible plaisir de dominer en série.

Harvey Weinstein et Dominique Strauss-Kahn possédaient d'immenses fortunes (c'est encore vrai pour DSK aujourd'hui) et avaient en commun un allié, Benjamin «Ben» Brafman, un avocat pénaliste new-yorkais dirigeant son propre cabinet, Brafman & Associates. Brafman a tiré d'affaire DSK dans l'affaire du Sofitel[89]. Quand on a les moyens de s'offrir les meilleurs avocats du monde, connus pour leur capacité à remporter des procès criminels à grand retentissement, voire à les éviter, ne bénéficie-t-on pas d'un traitement de faveur? Malgré les multiples accusations, il en devient presque impossible de sanctionner ces délinquants notoires. Il aura fallu la prise de conscience suscitée par le mouvement #MeToo pour que justice s'opère. Harvey Weinstein, désormais reconnu coupable,

87 «Les étapes clés de l'affaire Jeffrey Epstein», *Le Soleil.*

88 Martine Delvaux, *Le boys club,* p. 25.

89 Fabrice Rousselot, «Benjamin Brafman, as du bagout», *Libération.*

croupira dans sa cellule près d'un quart de siècle pour ses crimes en série, commis en toute impunité pendant trop longtemps.

Imparfaites entre les imparfaites

Le 14 mai 2011, Nafissatou Diallo, une femme de chambre new-yorkaise d'origine guinéenne, accuse Dominique Strauss-Kahn d'agression sexuelle, de tentative de viol et de séquestration. *L'Express* a publié les notes médicolégales de l'hôpital St. Luke's-Roosevelt, où elle a été examinée. Elles établissent que les blessures observées sur son corps et ses organes génitaux ont été causées par un viol[90].

Le procès pénal de l'ex-directeur général du Fonds monétaire international n'aura pourtant pas lieu. En août, Cyrus Vance Jr., le procureur de Manhattan affecté à l'affaire, demande au juge d'abandonner toutes les charges pesant sur DSK. Selon lui, les versions incompatibles que Diallo a données de l'événement, une fraude fiscale commise par le passé et de fausses déclarations au service de l'immigration compromettent sa crédibilité[91]. Une déferlante de haine se déchaîne. Le *New York Post* la traite de «prostituée» à sa une et

90 Philippe Coste, «Rapport médical de Diallo: "Cause des blessures: viol"», *L'Express*.

91 «Les éléments qui font vaciller la crédibilité de Nafissatou Diallo», *Le Monde*.

des assaillants la pourchassent jusqu'à sa porte[92]. Des groupes de défense des droits civiques afro-américains comme le 100 Blacks in Law Enforcement Who Care affirment qu'elle fait l'objet de racisme et de misogynie[93]. La plainte est rejetée et la poursuite civile de Diallo se conclura par une entente à l'amiable avec DSK en 2012.

Sur quoi se fonde la véracité d'un témoignage? Immigrante, noire, divorcée et mère monoparentale, Nafissatou a menti aux policiers et aux procureurs. Or, on attend des victimes qu'elles soient sans tache. «Leur comportement doit être irréprochable avant, pendant et après l'agression. Leur jugement, infaillible en toutes circonstances[94].» Ici, la victime imparfaite n'a pas eu l'occasion de défendre sa cause, ayant cherché à dissimuler les conditions de sa survie.

Nous ne sommes pas toutes égales devant les tribunaux ni le regard de la société. Les femmes racisées, autochtones, immigrées ou handicapées et les personnes issues de la diversité sexuelle et de genre, plus vulnérables, sont davantage exposées au risque d'agression sexuelle[95]; ce sont aussi celles qui ont le moins accès à la dénonciation et à la justice. Dans son essai *Le privilège de dénoncer,* la chercheuse en service

92 «DSK Maid a Hooker», *New York Post.*

93 Andrea Preyser, «Glammed-up DSK Accuser Goes Public as Race Gets Drawn into Case», *New York Post.*

94 Claudine Simon, «La victime parfaite: un mythe qui perdure», *Les Alter Citoyens.*

95 «Violence faite aux femmes», *Gouvernement du Québec.*

social Kharoll-Ann Souffrant cite ainsi l'exemple de Joëlle Kabisoso Kapinga, fondatrice de l'organisme d'aide Sisters in Sync en Ontario, victime dans son adolescence d'un viol collectif et d'un crime haineux à caractère raciste[96]. Malgré le fait que ce viol ait été filmé et diffusé sur les réseaux sociaux, le SPVM n'a jamais traité sa plainte sérieusement. Aujourd'hui, elle continue à vivre avec le fait que l'agression terrible dont elle a été victime n'a jamais été reconnue.

Face à un patron, à un conjoint respectable, à un bon père de famille, à un travailleur dévoué ou encore à un jeune homme d'avenir, que vaut la parole de toutes ces femmes?

Patricia Hill Collins a démontré comment une multitude de discriminations peuvent s'entrecroiser pour défavoriser quelqu'un[97]. Les cas exemplaires de Nafissatou Diallo et de Joëlle Kabisoso Kapinga rappellent aux magistrats, aux gens de loi et aux forces de l'ordre d'adapter leurs interventions auprès des victimes de violences sexuelles dans une perspective de féminisme intersectionnel, qui prend en compte les différentes barrières qu'elles ont à surmonter en fonction de leur identité. Pour que plus personne parmi celles et ceux qui osent porter plainte ne soit mis de côté.

96 Kharoll-Ann Souffrant, *Le privilège de dénoncer: justice pour toutes les victimes de violences sexuelles.*

97 Patricia Hill Collins, *La pensée féministe noire, op. cit.*

Le verbatim

Mont-Saint-Hilaire, 15 décembre 2020

«Bonjour Mme Clermont-Dion,

Je vous envoie votre déclaration initiale et une copie de votre témoignage à l'enquête préliminaire. Vous pouvez communiquer avec moi pour toute question.

Bien à vous,

L'enquêtrice, Sophie Sheedy»

Un an et demi après mon témoignage devant le juge, j'ai reçu ce courriel accompagné du verbatim de l'enquête préliminaire. J'ai vingt-neuf ans, et une nouvelle enquêtrice. En congé de maladie, Daniel Raymond a dû céder sa place à une collègue.

Je ressens de la satisfaction devant la preuve noir sur blanc de mon audience. Ces quatre cents pages de transcription sont le fruit d'un long cheminement. Un juge m'a entendue. Le document sera analysé mot à mot par la défense de l'accusé, qui s'en servira pour établir sa stratégie. Chaque terme employé, chaque tournure pourra jouer contre moi.

Qui peut croire qu'on veuille se replonger dans le récit minutieux de son traumatisme? Qui maîtrise le jargon juridique et les joutes de droit qui s'annoncent? Je pense à ceux qui ont subi un inceste. À celles débordées par un quotidien aliénant. Et à ces personnes à qui la lecture, la langue française n'est pas donnée. Ce verbatim bureaucratique relatant mes souffrances ne suffit pas. En théorie, je devrais éplucher ces quatre cents pages. Même épaulée, je n'ai ni la disponibilité ni l'aisance nécessaires pour me l'approprier. Tous ces coûts engendrés, ce temps perdu. Si ce compte rendu n'était pas un fichier numérique, reproductible à l'infini, je serais capable de le balancer dans le feu.

Le boys' club

Rive-Sud, 18 décembre 2020

Je conduis sur la 30, crispée par le stress. Une alerte Amber interrompt Patrick Lagacé sur les ondes. Un poupon de neuf mois, une fille, a été enlevé à Ottawa. Ne me parlez pas d'enlèvement d'enfant, pour l'amour. L'inquiétante voix métallique se tait et on annonce au bulletin de nouvelles que l'ex-animateur Éric Salvail a été acquitté des accusations d'agression sexuelle, de séquestration et de harcèlement criminel portées contre lui. Sans croire pour autant l'accusé, le juge Alexandre Dalmau a soulevé des contradictions dans le témoignage du plaignant, Donald Duguay[98].

Je coupe la radio. L'avocat de Salvail fait partie du cabinet qui défendra John Doe. Un pick-up me dépasse par la droite.

Je n'en peux plus. Je m'arrête et, en tremblant, je texte Marianne, mon amie. « J'ai peur. » Des points ondulent sur mon écran:

98 « Pour mieux comprendre l'acquittement d'Éric Salvail », *Le 15-18, Radio-Canada.*

« Tu as la vérité de ton côté, Léa.

Et toute la communauté des femmes.

Eux, ils sont petits même s'ils se prennent pour des grands. »

Dans seize jours exactement

Mont-Saint-Hilaire, 9 janvier 2021

Les premiers moments de la nouvelle année charrient des relents d'apocalypse. Des émeutiers ont envahi le Capitole à Washington le 6 janvier. Leur mascarade insurrectionnelle s'insère dans une trame de fond complotiste, alimentée par l'ex-président défait Donald Trump. Le premier ministre François Legault vient d'imposer par décret un couvre-feu à la population, prolongeant le confinement du 25 décembre jusqu'au 11 janvier. Tous les déplacements effectués après vingt heures seront interdits. J'écris à l'enquêtrice Sophie Sheedy: le procès sera-t-il remis?

L'impatience me gagne. J'ai porté plainte à la police le 25 octobre 2017 exactement. En plus de trois ans, j'ai eu le temps de tomber enceinte trois fois, d'accoucher de mes deux enfants, de lancer deux livres et de déposer ma thèse de doctorat. À quelle heure le punch, dirait l'autre?

Après vérification, l'enquêtrice me confirme que le procès aura bien lieu le 25 janvier *en présentiel,* cet affreux terme pandémique.

Le facteur humain

Mont-Saint-Hilaire, 19 janvier 2021

Le confinement et l'hiver vorace nous avalent; nous risquons des engelures lors de nos sorties. Malgré mon isolement, mes journées sont pleines d'amour. Je prends soin de ma fille; elle s'étonne de tout. Quelques cheveux bruns naissants adoucissent les contours de son visage, ses yeux bleus pétillent, éclatants et bordés de longs cils. Je change des couches: Nina me ramène à ce qui existe de plus nécessaire.

Le procès aura lieu dans six jours: tôt demain, je me rendrai à Québec, où j'assisterai à une rencontre préparatoire avec le procureur de la Couronne. Les petits couchés, je prépare mes questions. J'en profite pour prendre une douche, affaire périlleuse à tenter dans la routine serrée de nos matins de semaine. Mon temps de repos est rongé jusqu'à l'os. Je dors mal, l'esprit taraudé par les soucis, le corps toujours tendu. Je me concentre sur les embûches logistiques à surmonter. Deux jeunes enfants à la maison et ces allers-retours au palais de justice de Québec, ça complique un horaire.

Palais de justice de Québec, 20 janvier 2021

Ce matin, il fait gris et je roule dans la lumière vaporeuse. Ma mère, assise à l'arrière, veille sur Nina. J'ai perdu mes réflexes; je n'aime pas les longues distances. La peur qu'il arrive du mal à nos enfants se manifeste par un sentiment diffus de menace d'accident. Le pont Pierre-Laporte signale l'arrivée. Mes repères me semblent bizarres, décalés.

Face au palais de justice, des bateaux blanc et rouge sillonnent le fleuve. La glace rend la navigation difficile et la Garde côtière canadienne intervient. Des itinérants déambulent dans les rues, désorientés. S'agit-il d'un legs de la pandémie et de ses ravages?

Je grimpe jusqu'aux bureaux du Directeur des poursuites criminelles et pénales, au deuxième étage. Maître Michel Bérubé, Daniel Raymond et Sophie Sheedy m'y attendent, et ma joie de les retrouver me surprend. Ça sent la boule à mites; le décor brun et poussiéreux est à l'image du système de justice, qui recourt à la photocopieuse et où on se faxe des lettres. Je m'assois en gardant deux mètres de distance et retire mon masque. Je me demande si, à part eux, ils me jugent pitoyable d'en être encore là. J'ai toujours un peu honte, même si je ne le devrais pas. Ma fille détend l'atmosphère par ses grands sourires. Elle interrompt nos échanges en pétant.

Maître Bérubé, en particulier, affiche une belle humeur. Quand il s'anime, son air flegmatique le quitte. Pendant qu'il me donne des conseils, je me le représente seul, enseveli sous les détails macabres que recèlent ses dossiers criminels.

Je bois mon café froid, ma fille dans les bras, elle me bave sur la main. Daniel Raymond prend des notes et lui sourit. En dépit de la maladie et des traitements, il a tenu à assister au procès comme premier enquêteur affecté à mon dossier. L'enquêtrice Sheedy, imperturbable, a certainement dû travailler fort pour se faire respecter dans ce milieu masculin. Elle est grande, sculpturale, convaincue. Je ne l'imagine pas s'en laisser imposer.

Mes trois soutiens veulent répondre à mes dernières inquiétudes, et je n'en manque pas. On me répète que je n'aurai pas à donner un spectacle, que je ne passerai pas un examen: nous visons à éclairer le juge. Je reprends courage et promets de plancher sur le verbatim de l'enquête préliminaire. Je tenterai de faire de mon mieux.

Ce que parler veut dire

Mon premier patron, orateur doué reconnu par ses pairs, avait pour lui le fameux logos. On désigne par ce mot issu du grec ancien le langage en tant qu'instrument de la raison. Plus tard, je voudrai moi aussi manier le verbe comme John Doe. J'ai adopté les usages, étudié les sciences politiques. Si je me suis fondue dans le moule, c'est peut-être aussi pour leur montrer à tous que je n'étais pas celle qu'ils croyaient: menteuse, écervelée, salope. Les mots sont durs pour les victimes. Depuis 2017, j'ai lu et entendu des centaines de commentaires sur ce que j'aurais dû faire, dire – ou pas. Plus jeune, j'aurais tenté d'ajouter ma voix au concert, et on m'aurait diminuée ou ignorée.

Bientôt, devant un juge, un procureur et des avocats de la défense, je me plierai encore à la rhétorique d'une certaine élite, judiciaire celle-là. Mais ce sera en qualité de témoin de la Couronne, et à ce titre seulement. Le Directeur des poursuites criminelles et pénales aura à prouver la culpabilité de l'accusé. Je ne pourrai ni me défendre ni me prononcer sur ce qui sera débattu au palais de justice, et je ne disposerai pas d'un avocat, comme John Doe. Il y a quelque chose de paradoxal dans cette position de spectatrice alors que j'ai porté plainte afin de récupérer ma parole.

Les mots font plus que dire: ils configurent et représentent le monde, sous-tendu par un ensemble de dynamiques sociales. Il n'est donc pas étonnant de constater que les discours révèlent des tensions et reconduisent des stratégies qui peuvent exclure celles et ceux qui ne les possèdent pas.

Patrizia Romito m'a rappelé comment notre euphémisation des crimes sexuels a une incidence sur le débat public. Dans un article intitulé «Quel genre de droit?: autopsie du sexisme dans la langue juridique», les chercheurs Michaël Lessard et Suzanne Zaccour, experts en droit des violences sexuelles et conjugales, distinguent deux grandes catégories de sexisme dans la langue juridique: celle, grammaticale, caractérisée entre autres par l'absence de féminisation des titres de ce corps de métier ou le mégenrage des personnes non binaires; et la catégorie terminologique, qui regroupe les mots et expressions décrivant la réalité des victimes, tout en connotant leur expérience: «Le sexisme terminologique ne découle pas d'un ensemble organisé de règles, mais plutôt d'un amas discret de mots sexistes, apparus à différentes époques et qui relèvent de thèmes et de registres variés[99].» On en observe moult exemples dans les médias et le parler

99 Michaël Lessard et Suzanne Zaccour, «Quel genre de droit? Autopsie du sexisme dans la langue juridique», *Revue de Droit de l'Université de Sherbrooke*, p. 264.

de tous les jours, dont une des conséquences les plus graves est de perpétuer la culture du viol: «Somme toute, des expressions comme abus sexuel, voler un baiser, *would-be womanizer* ou Don Juan ne portent pas l'entière responsabilité de la banalisation du viol dans notre société. Cependant, elles [occultent] la violence intrinsèque à l'agression sexuelle. Ce faisant, elles ouvrent la voie à [son] érotisation[100].»

Dans son discours de réception du prix Nobel de littérature en 1993, Toni Morrison a déclaré: «Le langage oppressif ne se limite pas à représenter la violence, il est violence; ne se limite pas à représenter une entrave à la connaissance, il l'entrave de fait[101].» Et les tribunaux constituent l'espace par excellence du langage codé de la connaissance. En cour, la froideur des énoncés, le décorum, la solennité de chaque geste, de même que le ton protocolaire, nuisent aux personnes qui ne les maîtrisent pas. Pour les personnes non initiées, le simple fait de s'exprimer devient un défi – pensons seulement aux personnes qui usent d'une langue seconde ou aux nouveaux arrivants et arrivantes qui doivent recourir aux services d'interprètes.

Serait-ce possible d'aspirer à un type de délibération plus accessible? Dans son ouvrage fondateur *Inclusion and Democracy,* la philosophe politique Iris Marion Young, connue pour ses travaux sur la nature de la justice et les politiques publiques américaines, a souligné

100 *Ibid.*, p. 271.
101 Toni Morrison, *Discours de réception du prix Nobel de littérature*, p. 6.

le besoin d'un modèle de communication inclusif pour corriger les inégalités sociales dans nos institutions et réparer les préjudices qu'elles causent[102]. Pour la politicologue, le renouvellement de nos démocraties viendra de leur capacité de répondre au problème de l'exclusion par des actions qui tiennent compte des différences entre les citoyennes et les citoyens, plutôt que de les nier. Young souligne que les récits jouent un rôle clé dans la représentation des personnes marginalisées.

Sur le terrain, on pourrait aussi faire mieux pour recevoir les plaignantes et les plaignants. À quand des services de crèche pour les jeunes parents? Préoccupée que j'étais par le bien-être d'Elio, je conserve peu de souvenirs de l'enquête préliminaire, en juillet 2019. J'ai pu reconstituer l'événement grâce aux photographies archivées sur mon téléphone: un minuscule être humain réclamait que je le berce et l'allaite, interrompant ma déclaration, dérangeant par ses cris la concentration ambiante. On prétend que les pratiques changent dans les palais de justice. Il faudrait encore, comme le réclame Iris Marion Young, qu'on cesse d'en exclure les plaignantes.

102 Iris Marion Young, *Inclusion and Democracy*, p. 7.

Le voyage d'hiver

Québec, 24 janvier 2021

Le soleil éclabousse la neige derrière la maison. Ses jeux m'apaisent. J'ai pris le temps de marcher à travers la forêt ces derniers jours, d'arpenter la montagne, m'en remettant aux arbres. J'ai porté Nina près de mon cœur et nous nous sommes baignées dans la lumière éblouissante. D'autres fois, j'écoutais de la musique. Les sonates de Schubert poursuivent une quête. Je n'ai jamais su lire la musique, mais les romantiques allemands m'aident à juguler mes émotions. Les conifères et le piano feutré des lieder du *Voyage d'hiver* ont rythmé mon ascension.

Je quitte la protection de la montagne pour me jeter dans le trafic, laissant mon fils de vingt-deux mois à mon amoureux. À l'âge d'Elio, je demandais pourquoi les enfants pleurent. Maintenant, je sais.

Je me dirige sans trop d'appréhensions vers l'autoroute. Il fait très froid. Je m'arrête près de la promenade Samuel-De Champlain. Les glaces s'entrechoquent au fil du courant. Rassemblées, elles créent une barrière mouvante puis s'éparpillent dans une valse lente et majestueuse. Le fleuve et sa géographie glacée me rendent la paix. Je suis ici, devant l'étendue immense du ciel.

À l'hôtel, ma mère occupe une chambre au même étage que la mienne. Elle prendra soin de Nina pendant que je témoignerai à la barre. Nous mangeons une soupe ramen à deux dollars et des clémentines. Elle me bombarde de questions sur demain. Je n'ai pas le goût qu'on m'inflige un interrogatoire, celui de demain suffira. Étourdie, je regagne ma chambre avec ma fille. Le caractère générique de l'endroit me serre la poitrine. Au moins, mon lit donne sur la ville et ses vues intrigantes.

Le procès

Québec, 25 janvier 2021 – Jour un

Le bleu de la nuit s'éternise. Je n'ai pas dormi. Nina s'est assoupie à mes côtés, réclamant le sein de temps en temps. Il est cinq heures du matin et je m'extirpe de la chaleur réconfortante des draps. C'est le moment de réviser, encore une fois, la paperasse de la poursuite: la transcription de l'enquête préliminaire, ma déclaration initiale, les notes manuscrites des policiers que j'ai du mal à déchiffrer. Les minutes s'égrainent, je carbure au café.

Mon corps entre en état d'hypervigilance. Les odeurs, les sons et les couleurs me happent. Je ressens tout, comme une proie en fuite qui redouble d'efforts pour semer la mort.

Mon cerveau saturé d'informations s'engourdit. Je m'ordonne de rester calme, de méditer. À neuf heures trente, soit dans moins de trois heures, je m'adresserai au juge, au procureur, aux avocats de la défense, aux enquêteurs, aux journalistes, à la famille de John Doe. Une envie de vomir pressante me vient et je crache la bile de mon estomac dans la cuvette des toilettes. Le bruit réveille ma fille. Je dois la nourrir, sonnée.

Avant de partir, je me scrute dans le miroir. Mes yeux sont rougis. J'humidifie mes lèvres et mon visage asséché par l'air coupant de janvier et le chauffage. En guise d'armure, j'ai enfilé ma chemise de soie et une veste cintrée. Les puissants se permettent le *power suit*. Moi aussi. Je serre dans ma poche un petit papier, mon mantra: «La honte ne cessait pas de menacer les filles. Leur façon de s'habiller et de se maquiller, toujours guettée par le trop: court, long, décolleté, étroit, voyant, etc., la hauteur des talons, leurs fréquentations, leurs sorties et leurs rentrées à la maison, le fond de leur culotte chaque mois, tout d'elles était l'objet d'une surveillance[103].»

Mon cellulaire vibre sur la table basse. Gianluca et Elio m'appellent: «Oui, mon coco, tu vas passer une belle journée à la garderie. Regarde, bébé Nina rampe sur le lit.» La discussion se termine sans au revoir. Elio raccroche souvent sans faire exprès, d'un doigt boudiné sur l'appareil.

La poussette au bout des bras, j'avance par à-coups désordonnés sur les trottoirs glacés. Le palais de justice apparaît au loin. À l'entrée, des journalistes attendent l'accusé. Je les ignore.

Bouleversée, je franchis le contrôle de sécurité après avoir enfin retrouvé ma convocation, perdue au fond de mon sac. Mon cœur bat plus vite. Je me détache peu à peu de ce corps qui est le mien, ma vision se trouble et l'écho des voix dans le hall se répercute autour de moi.

103 Annie Ernaux, *Les années*.

J'ai rendez-vous avec l'équipe de la poursuite dans la verrière de la Chambre criminelle et pénale. Les couleurs des vitraux se réfléchissent sur le marbre du sol. J'entends claquer les pas décidés de l'enquêtrice Sheedy, soignée dans son tailleur soulignant ses yeux azur. Puis arrive maître Bérubé, dont la toge balaie le plancher. Il me réconforte: mes sens sont altérés par le stress, et le sentiment de flottement qui m'habite, prévisible.

Je me dirige avec ma mère et ma fille vers la salle des victimes, éclairée au néon. Qui s'est assis sur les chaises de cette pièce? À travers la porte vitrée, j'aperçois John Doe, son épouse et sa fille. Leur défilé me dérange. Daniel Raymond nous rejoint: «Léa, ça ne sera pas agréable. Je t'avertis. C'est comme un match de boxe. Laisse les coups venir, respire. Contente-toi de répondre aux questions et ça va aller.» J'allaite Nina dans la petite pièce blanche, austère. Je m'emplis de cette hormone vitale, pouvoir magnifique des mères, l'ocytocine.

À l'interphone, la greffière m'appelle: «Léa Clermont-Dion, salle 2.04.» C'est maintenant. Je dépose ma fille dans les bras de ma mère. Des policiers me dirigent dans la salle d'audience. Le juge, un homme d'une cinquantaine d'années, me sourit. À ma gauche, le procureur et l'enquêtrice sont assis derrière leurs pupitres vitrés. À ma droite, l'équipe de la défense, en robes noires, patiente. L'accusé et sa famille ont pris place dans la salle. La tête haute, l'air faussement assuré, j'avance jusqu'à la barre des témoins. J'ai mal au cœur.

Le voir là, calepin en main. Ma colère et ma tristesse sont indescriptibles.

Je devrai me tenir debout et répondre clairement, tournée vers le juge, aux questions du procureur et des avocats de la défense. Je resterai debout trois jours durant. Il ne faudra pas parler trop fort ni trop doucement, ni m'éterniser sur les détails, mais me montrer polie. Sur un écran géant installé en bordure de la salle d'audience, je note la présence par vidéoconférence d'à peu près tous les journalistes judiciaires des grands médias du Québec. Eux aussi vont me juger.

Puis la greffière dit: «Veuillez lever la main droite, s'il vous plaît, je vais vous assermenter. Votre nom?»

Et si j'oubliais tout? Sans réfléchir, je me lance.

*

L'interrogatoire mené par le procureur débute. Sur l'un des panneaux de protection en plexiglas qui m'entourent, j'entrevois le reflet d'un visage triste. La fille de John Doe. J'interromps la séance. Le juge accepte de demander à la jeune femme au regard désemparé de se déplacer. Nous reprenons; je reviens sur les circonstances des événements, oubliant la présence de John Doe et de dizaines de paires d'yeux tournés vers moi. On en arrive à l'agression: incapable de prononcer certains mots en public comme *vulve* ou *vagin,* je tente d'esquiver les détails. Et là, je m'effondre. Mes larmes coulent; on met à ma disposition une boîte de kleenex. Moi qui ne pleure jamais.

Je retourne dans la salle des victimes, transie et humiliée. Michel Bérubé passe en coup de vent. Il me regarde droit dans les yeux, prononçant mon prénom comme un tic: «Léa, tout ce que je peux vous dire, c'est continuez comme ça, Léa.»

À la pause de midi, j'allaite ma fille en dévorant un sandwich dans ma chambre d'hôtel. Mon amoureux me rappelle pour me mettre en garde. «Ma chérie, ils vont te rentrer dedans. Tu peux t'attendre à tout.» Je consulte le fil de nouvelles de *La Presse,* qui relaie en temps réel l'audience. Je referme mon ordinateur en remerciant l'interdit de publication qui me concerne.

En fin d'après-midi, le contre-interrogatoire peut commencer. L'avocate de la défense enchaîne des questions semblables à celles du procureur, sur un ton courtois. John Doe note tout, attentif. Je me sens en pleine possession de mes moyens. À seize heures trente, le juge demande à lever la séance. Le trio qui m'épaule me rassure, mais je sais bien que le pire m'attend demain.

À l'hôtel, ma mère me reçoit sereine, soulagée que la première journée soit terminée. Nous allumons la télévision. C'est un choc. Partout, on parle du procès. J'assiste au spectacle déroutant de ma vie privée étalée à l'écran, avec une profusion d'informations jusqu'ici ignorées du grand public – y compris des lectrices et lecteurs de ce livre. Pour me faire une tête, j'écoute l'intégralité de l'audience et je lis des articles, affalée sur mon lit: «la présumée victime dit avoir reçu un courriel de l'accusé l'invitant à discuter. Elle croit qu'il veut s'excuser, mais il lui aurait plutôt dit: “C'est un événement malheureux, mais on oublie ça, on passe à autre chose." Se disant honteuse, l'adolescente acquiesce [...]. Elle va cependant reprendre contact avec lui quelques années plus tard, par courriel. Elle vient alors de voir [John Doe] participer à une conférence de presse d'un groupe dénonçant les agressions sexuelles[104].»

J'ai du mal à me concentrer, mon cellulaire ne cesse de sonner. Félix, un ami avocat, m'encourage: «Léa, j'ai tout lu. Tu fais bien ça! En tout cas, la couverture de presse est favorable.» J'ai plutôt l'impression de subir un second procès de la part des médias.

Nina chigne et quémande mon attention, sa routine désorganisée. Je suis vidée. Je ne lirai plus rien ce soir. Je m'enfonce dans le matelas.

26 janvier 2021 – Jour deux

Le réveil est brutal. Je m'immerge sous le jet bouillant de la douche. Le rituel revigorant de la plaignante, levée avant l'aube. J'essaie de mettre en ordre la séquence de mes pensées.

J'arrive dans la salle d'audience, frigorifiée par le vent du nord qui souffle sur Québec. L'avocate de la défense apparaît, bardée de ses prix de meilleure plaideuse et de sa froideur hautaine. Suivent ses dossiers,

104 Yannick Bergeron, «Procès de Michel Venne: "J'étais figée et dégoûtée", dit la plaignante», *Radio-Canada*.

transportés par son collègue moins sévère et une autre avocate, qui consigne tout, méthodiquement.

Les yeux perçants, les sourcils froncés, la voix haut perchée, l'avocate de la défense prétend que j'aurais fait la bise à plusieurs reprises au directeur de l'Institut du Nouveau Monde. (Je déteste les bises de politesse et le contact physique avec des étrangers.) Je tutoyais mon patron et je l'appelais par son prénom. Pourquoi?

Oui, pourquoi ces détails? La défense tente de démontrer ma familiarité à l'égard de l'agresseur, le lien de proximité que j'aurais entretenu avec lui. Suis-je la fille trop chaleureuse qui cherche le trouble? La jeune stagiaire provocante attisant le désir du patron? Ces questions sont hors de propos. Ma colère monte à l'intérieur. Je dois la maîtriser et passer par-dessus ma fatigue alors que j'ai envie de crier, sacrer, foutre le camp.

Le contre-interrogatoire recommence en début d'après-midi. J'ai peur d'avoir commis des erreurs, et je me suis préparée en révisant l'enquête préliminaire, sans prendre le temps de manger.

Et c'est là que, sans crier gare, le ton monte. La défense me presse sans relâche de questions concernant l'enregistrement de ma conversation téléphonique de 2017 avec Lise Payette. J'avais remis aux policiers une version écourtée du document audio, qui recentrait le message sur mon absence de consentement lors de la signature de la lettre de disculpation. Durant l'enquête préliminaire de 2019, comprenant qu'il s'agissait d'une faute et à la demande de la défense, j'ai déposé l'intégralité de l'enregistrement. Mais la défense n'a rien à faire de ma tentative de réparation. Pourquoi ai-je manipulé la preuve?

— Madame Clermont-Dion, vous avez modifié l'enregistrement, est-ce exact?

— Madame Clermont-Dion, vous avez fait entre quinze et dix-sept coupures, pourquoi?

L'avocate prend une intonation qui laisse croire que mon geste est très grave. Ça fait mal. Je ne me souviens plus de l'ampleur ou de l'ordre exact des coupures effectuées au montage. Je perds pied. Le contre-interrogatoire s'enlise dans une interminable analyse de l'enregistrement initial de vingt-deux minutes, segment par segment. L'avocate examine chaque omission, m'interroge, m'accuse:

— Pourquoi vous avez modifié l'enregistrement, madame Clermont-Dion?

— Est-ce que ça ne donne pas l'impression que vous tentez d'induire en erreur la personne qui écoute?

Je persiste. J'ai manqué de rigueur: la conversation n'a pas été modifiée dans le but d'induire les tribunaux en erreur. À l'origine, ce document devait appuyer ma dénonciation publique sur les médias sociaux.

Rien ne va plus. Je croise le regard du procureur. Il évite le mien, l'air inquiet. À ce stade du procès, je ne peux plus discuter avec lui, mais on devine que l'audience prend une mauvaise tournure.

La séance est levée. Nous en sommes au deuxième jour, et la défense n'a toujours pas abordé l'agression sexuelle. J'appelle mon amoureux pour lui annoncer que je ne reviendrai pas à la maison ce soir comme prévu. Je me trouve nulle. Je n'arrive pas à surmonter ma détresse. Me voilà devenue l'accusée. On me reproche de la malveillance. Pourquoi m'être embarquée dans une épreuve aussi inhumaine?

Les titres des journaux confirment mon affolement: «Procès de [John Doe]: la défense s'attaque à la crédibilité de la victime[105]»:

«Les avocats de [John Doe] veulent faire exclure de la preuve cet enregistrement, dans lequel Mme Payette suggère à la plaignante de ne pas porter plainte. Ils reprochent à la jeune femme d'avoir manipulé le document audio.

La première version transmise à la police durait un peu plus de onze minutes. [...]

La défense a cependant demandé d'obtenir la version complète, qui dure vingt-deux minutes.»

On me dépeint comme une menteuse. Je n'ai plus le goût de rien, sauf de dormir et de ne plus me réveiller.

27 janvier 2021 – Jour trois

Je n'ai pas fermé l'œil de la nuit. Cela fait trois jours que je me prive de sommeil. Je repasse mentalement chaque mot et chaque phrase des transcriptions de l'enquête préliminaire. Je ne peux pas laisser mon destin

105 Yannick Bergeron, «Procès de Michel Venne: la défense s'attaque à la crédibilité de la victime», *Radio-Canada*.

m'échapper. J'aimerais qu'on me tire de là, et je suis à un cheveu de m'écrouler.

Encore hébétée par l'humiliation, j'affronte l'hiver terrible en essayant de chasser mes ruminations les plus noires. L'avocate de la défense se sent-elle à ce point superpuissante? Et si elle insinue que je racole à tout vent avec des embrassades, le pense-t-elle vraiment? Ça me tourmente: je balance entre un mépris véritable de sa part et la rhétorique de sa profession.

Je ne veux pas perdre. Ça se passe mal pour moi et on pèsera la moindre de mes virgules, de mes moues. Je ne me laisserai pas distraire par le bruit et m'en remettrai à mes convictions initiales. Comme je l'anticipais, l'avocate de la défense ramène la question de l'enregistrement de ma conversation avec Lise Payette. J'assume: «Je trouve qu'on me prête beaucoup d'intentions… […] Plusieurs passages qui ont été enlevés n'altèrent en rien le caractère intrinsèque et le sens de la discussion[106].»

Elle revient à la charge cinq fois, six fois, dix fois. Ça n'arrêtera jamais. C'est un match de boxe, m'a dit l'enquêteur Raymond; j'encaisse les coups, je reste constante. La défense demande que je sorte de la salle. Elle tient à débattre avec la Couronne de règles de droit. Je pars. On me rappelle, puis je dois sortir de nouveau.

À ce moment précis, je comprends que j'ai bien répondu. J'ai évité le pire.

106 Kathleen Frenette, «Procès de Michel Venne: la plaignante continue de défendre sa position», *Le Journal de Québec*.

*

Je retrouve la sécurité de l'hôtel et Nina. En finira-t-on aujourd'hui? Enfin, après deux jours et demi, la défense en vient au cœur de l'affaire, soit l'agression sexuelle. Je me suis ressaisie et je raconte tout, sans artifice. Cette fois, je ne montrerai aucune émotion. Mais arrive un moment où le corps vous lâche. Je m'affale sur la chaise, demande de l'eau.

L'audience levée, je quitte les lieux sans un regard pour l'agresseur ni la défense. La tension dans mon corps s'atténue. Dans les bureaux du Directeur des poursuites criminelles et pénales, l'enquêtrice Sheedy me dit qu'elle est heureuse de ce dénouement, et Daniel Raymond me félicite comme un coach content de sa recrue. Les yeux du procureur brillent de bonté: «C'est énorme, ce que vous avez vécu. Vous avez répondu avec calme et intelligence. Vous pouvez retourner chez vous tranquille.»

J'ai gagné mon pari: j'ai tenu ma position. En jetant un coup d'œil à mon cellulaire, je tombe sur l'article du *Journal de Québec*: «la défense a inlassablement questionné la présumée victime qui a réussi à garder son sang-froid [...]. Rarement a-t-on vu des avocats interroger si longuement une victime et décortiquer, de façon si chirurgicale, les gestes ou paroles qu'elle a pu faire ou prononcer à la suite des agressions présumées[107].»

107 *Ibid.*

Ma mère témoignera demain. Je la serre dans mes bras sur le parquet des coursives du palais, en la remerciant pour tout. Maître Bérubé m'apprendra plus tard qu'elle aura été la *star witness* du procès.

Et on retrouva la lettre

Mont-Saint-Hilaire, 29 janvier 2021

Je suis de retour à la maison et je rattrape le temps perdu avec Elio, qui m'a manqué pendant les quatre jours où j'étais loin de ma famille. Nous jouons aux cubes multicolores sur le tapis. Il me supplie de faire la vache. Je m'inflige l'imitation d'un ruminant. «Meuh!» Ses joues roses, sa tignasse blond vénitien, ses allures de bébé Pampers. «Encore, maaaaaman.»

Les 101 dalmatiens rythme nos rires. Mon fils adore les chiens. Nous aimons le jazz du bon vieux Roger, le musicien bohème. Anita lance à son mari: «Roger chéri? Le thé est prêt...» Pongo, le dalmatien, aboie. On entend des pneus crisser au-dehors. Roger chante, moqueur: «Oh... C'est sûrement Cruella. Ta chère compagne de classe, Cruella d'Enfer. C'est ça!»

Mon téléphone sonne, c'est un numéro non identifié. L'enquêtrice Sophie Sheedy est à l'appareil: «Il faut qu'on se parle.» Ma gorge s'assèche. Je délaisse une nouvelle fois mon garçon, et Cruella et Roger, pour m'enfermer dans mon bureau:

— Écoutez, Léa, il y a du nouveau.

— ...

— Le fils de Lise Payette. Il nous a communiqué la lettre qu'il a retrouvée dans les affaires de sa mère.

— Vous me niaisez?

— Non. Je m'apprête à monter à Montréal pour l'interroger.

— Tabar...

— On va faire un FaceTime. J'ai besoin que vous me disiez si c'est la vraie lettre.

L'enquêtrice me rappelle, flanquée d'une policière. Je suis vêtue d'un jogging et d'un t-shirt rouge où on lit «LOU», le nom de ma chatte. Mon fils crie à tue-tête: «Mamaaaaan, vaaaache».

— Léa, pourriez-vous me déclarer que c'est bien votre signature?

— Oui.

Ces mots, écrits sous la dictée. Je ne les avais jamais relus. L'aide domestique m'ouvre la porte de l'appartement cossu de L'Île-des-Sœurs. Lise Payette pointe le doigt vers Montréal.

Je ne veux pas de ces images.

— Oui, c'est ma signature.

— D'accord, c'est tout ce que je devais savoir. Le procureur va déposer la lettre lundi à la cour...

— Ça va me nuire?

— Non, ça corrobore ce que vous avez dit. Ça confirme que la rencontre a bel et bien eu lieu.

— Je vais vous laisser... il faut que je m'occupe de ma famille.

Le refrain entêtant de la chanson des *101 dalmatiens* résonne dans mes oreilles: «Cruelle diablesse, cruelle diablesse. Elle jette tant de sorts. À toute la ville».

1er février 2021

La lettre a été déposée à la cour et la nouvelle fait la une. Les journalistes de faits divers se dépêchent de couvrir ce coup de théâtre. Voici des extraits du compte rendu de Yannick Bergeron[108]:

«En apprenant l'existence des documents, le DPCP a mandaté des enquêteurs de la police de Québec pour les récupérer avant de les transmettre aux avocats de [John Doe]. [...]

Voici le contenu de la lettre déposée en preuve:

"Bonjour,

J'ai eu vent qu'une rumeur circule à l'endroit de [John Doe]. Je suis extrêmement navrée d'apprendre que celle-ci ait pu vous porter préjudice. Je sais que ce ragot me concerne. C'est pourquoi il me semble important de rectifier les faits dès maintenant avant d'engendrer quelques dommages collatéraux irréparables.

Je vous donne ma parole. Cette histoire n'est pas fondée.

Je tenais à vous écrire ces quelques mots, car je ne voudrais pas détruire une famille inutilement.

Veuillez prendre note que cette missive est écrite sans aucune contrainte."»

108 Yannick Bergeron, «La lettre de Lise Payette refait surface au procès de Michel Venne», *Radio-Canada*.

Artemisia

En 2018, quand Brett Kavanaugh a été nommé juge à la Cour suprême des États-Unis par Donald Trump malgré les accusations de Christine Blasey Ford[109], une œuvre vibrante de violence a circulé sur les médias sociaux[110]. Dans *Judith décapitant Holopherne,* Artemisia Gentileschi représente une scène de l'Ancien Testament où Judith sauve son peuple de l'invasion babylonienne en égorgeant le général Holopherne. L'héroïne biblique, la bouche serrée, les manches retroussées sur la musculature tendue de ses bras, coupe la tête du chef assyrien avec l'aide de sa servante, dans un jaillissement de sang. Le tableau, parmi les plus réussis de l'artiste, se distingue par sa vigueur dramatique, la précision magistrale de son exécution

109 Le 16 septembre 2018, Christine Blasey Ford affirme qu'il a tenté de la violer alors qu'elle avait quinze ans et lui, dix-sept. Haley Sweetland Edwards, « How Christine Blasey Ford's Testimony Changed America », *Time.*

110 Rebecca Mead, « A Fuller Picture of Artemisia Gentileschi », *The New Yorker.*

Artemisia Gentileschi, *Judith décapitant Holopherne,* vers 1620, huile sur toile, 146,5 × 108 cm. (Collection de la galerie des Offices, Florence, Italie.)

et une maîtrise très personnelle du clair-obscur, en une juxtaposition exacerbée d'ombres et de lumières[111].

D'où vient la force impétueuse de cette créatrice? Sa furie vengeresse?

Artemisia Gentileschi est une peintre baroque italienne née à Rome en 1593. Orpheline de mère et fille aînée d'Orazio Gentileschi, un disciple du Caravage prisé des mécènes de son temps, elle grandit dans l'atelier de son père et devient vite son apprentie[112]. Elle sera l'une des premières peintres à s'attaquer à l'iconographie historique et religieuse, dans des scènes morales d'une finesse graphique incontestable.

En 1610, elle signe à dix-sept ans sa première œuvre, *Suzanne et les vieillards,* un thème biblique du Livre de Daniel en vogue chez les peintres baroques, qui sert de prétexte à des nus lascifs. Dans la composition triangulaire du tableau de Gentileschi, deux vieillards lubriques surgissent derrière une balustrade et surprennent Suzanne au bain, lui chuchotant, on le devine, des propositions dégradantes. La torsion du corps de la jeune femme, ses mains levées pour se défendre montrent sa résistance indignée. Pour l'autrice américaine Mary Garrard, cette prédation sexuelle représentée du point de vue de la victime était auparavant inédite dans l'histoire de l'art occidental[113].

111 Mary Garrard, *Artemisia Gentileschi: The Image of the Female Hero in Italian Baroque Art.*
112 *Ibid.*
113 *Ibid.*

Artemisia Gentileschi. *Suzanne et les vieillards,* 1610, huile sur toile, 170 × 119 cm. (Collection du musée du château Weissenstein, Pommersfelden, Allemagne.)

À dix-huit ans, Gentileschi cherche à parfaire ses connaissances dans la technique de la perspective. Les portes de l'Accademia di San Luca de Rome lui étant interdites, son père la confie à un professeur particulier, Agostino Tassi, qui la violera. Orazio porte plainte et l'affaire se rendra jusque devant le tribunal papal. Le procès pour *stupro violente* (défloration par la force), retentissant, durera neuf mois, et a longtemps éclipsé l'œuvre de la peintre, exposée à l'opprobre public. Calomniée, elle sera soumise à un examen gynécologique, puis à la question pour prouver son innocence. Au risque de se faire broyer les mains, Artemisia résiste au supplice des *sibili,* au cours duquel un bourreau serre des cordes nouées entre ses doigts tandis qu'on l'interroge. Elle maintient ses accusations et Tassi finit par être condamné à cinq ans d'exil des États pontificaux, bien qu'en réalité, il n'aurait jamais quitté Rome.

Les figures féminines (parmi lesquelles Judith, Cléopâtre, Bethsabée, Suzanne et Yaël) qui peuplent les toiles de la peintre ont fréquemment été interprétées comme l'expression d'une catharsis, ou du traumatisme lié au procès. Les récents développements de l'histoire de l'art nous mettent en garde contre ce raccourci. Mais, quand j'examine *Judith décapitant Holopherne,* je ne peux pas m'empêcher d'y voir la peintre prendre sa revanche sur Tassi. Je ressens sa rage, son sentiment d'injustice. Cette scène meurtrière me hante, et je la comprends mieux que je ne l'aurais cru.

Après le procès, Artemisia Gentileschi contractera un mariage arrangé avec un peintre florentin pour rétablir sa réputation. En juillet 1616, elle deviendra la première femme à être admise à la prestigieuse Accademia delle Arti del Disegno de Florence[114]. Elle y fera la connaissance d'artistes et d'intellectuels, dont Galilée, et sera célébrée comme une artiste éminente. Gentileschi poursuivra son activité durant des décennies, jusqu'à ce que l'histoire la relègue aux oubliettes et invisibilise sa contribution, une réalité courante chez les femmes artistes. Parmi les œuvres récemment découvertes ou réapparues sur le marché de l'art qui lui sont attribuées, on comptait en 2017 un rare autoportrait d'Artemisia en sainte Catherine, à la National Gallery de Londres, et une représentation de Lucrèce se donnant la mort (vendue en 2019), désormais exposée au musée Getty à Los Angeles. Gentileschi prend aujourd'hui place aux côtés des trente-huit autres convives féminines du *Dinner Party* de Judy Chicago[115]. La postérité la reconnaît enfin pour ce qu'elle est: une génie.

114 *Ibid.*
115 «Artemisia Gentileschi», *Brooklyn Museum.*

Avoir trente ans

Mont-Saint-Hilaire, 6 avril 2021

J'ai passé le cap de la trentaine hier. Confinée avec mes proches, j'ai célébré l'arrivée du printemps sous le soleil à l'orée de la montagne. Nous avons dévoré des confiseries, bu du vin orange, et j'ai couru avec Elio sur le grand terrain bouetteux. Le souvenir du contre-interrogatoire s'estompe en une lointaine épreuve, plus si douloureuse. La conviction d'avoir fait les bons choix m'anime. On dirait que je vais mieux. Peu importe le verdict annoncé cet été, je serai en paix.

La convocation

Mont-Saint-Hilaire, 9 avril 2021

J'ai conduit Elio à la garderie et j'avale un café tiède en nettoyant le comptoir de la cuisine, tandis que ma fille gazouille dans sa chaise haute.

Ma messagerie sonne. C'est un courriel du procureur. L'objet: «Date du jugement». La fébrilité me gagne.

«Bonjour,

Le jugement sera prononcé le 23 juin prochain, en salle 2.07 au Palais de Québec.

La séance débute à 9 h 30 et le juge a indiqué son désir de débuter avec notre dossier.

N'hésitez pas si vous avez des questions ou besoin de précision.

Merci et à bientôt,

Maître Michel Bérubé»

Je souris à Nina. C'est bientôt la fin.

Surveiller et punir

Le 23 juin 2021, le juge Stéphane Poulin prononcera son verdict. L'agresseur sera-t-il reconnu coupable des faits reprochés ? La peine pour agression et exploitation sexuelles d'une mineure peut atteindre jusqu'à dix ans d'emprisonnement.

J'ai de la difficulté à mettre le doigt sur mes attentes quant à l'issue du procès. Les criminels doivent répondre de leurs actes, et j'ai parcouru tout ce chemin pour obtenir réparation. J'ai souhaité que soit connu le mal que m'a causé mon agresseur, mais l'idée qu'une personne croupisse en prison ne m'enchante guère. Tout n'est pas noir ou blanc. Et si la perspective du châtiment n'entraînait pas que joie et satisfaction chez les victimes ? Durant mes recherches préparatoires pour le documentaire *T'as juste à porter plainte,* Marie Cadet, une plaignante de la communauté haïtienne de Montréal, m'a confirmé qu'elle s'était sentie coupable à l'annonce de la peine de son agresseur. Le pasteur qui a commis des attouchements n'a pourtant récolté que trois mois de prison. Une autre plaignante du documentaire, Alice, agressée alors qu'elle avait huit ans, a lu en cour une lettre accordant son pardon au pédophile qui lui a volé son enfance. Elle a admis sans hésitation son malaise devant la sentence, qui a pourtant paru trop indulgente aux yeux du grand public.

On espère beaucoup, socialement parlant, d'un jugement. Comme si un verdict de culpabilité équivalait à une victoire et l'inverse, à une défaite. Pour moi, la guérison s'est amorcée à travers les différentes étapes de la poursuite judiciaire, où j'ai été entendue et respectée. Le verdict en a acquis une moindre importance. Plusieurs victimes recherchent avant tout une reconnaissance du tort commis par l'agresseur, des excuses de sa part. Notre système de justice pénale ne favorise pas souvent ces actes de repentir. Alors, comment et pourquoi enfermer les délinquants sexuels ?

Au Canada, la sentence dont écopent les individus relève de l'État, en fonction du principe de détermination des peines maximales et minimales, décrit à l'article 6(1)b) du Code criminel: «[Il] est obligatoire que les peines soient prévues dans un texte de loi. C'est la raison pour laquelle chacune des infractions prévues au *Code criminel* est assortie d'une peine prévue par écrit. Sous réserve des peines minimales et maximales inscrites au *Code criminel* et aux autres lois applicables en matière criminelle, le juge qui statue sur la sentence [...] doit tenir compte [de c]es objectifs[116] ».

Dans son « analyse archéologique » *Surveiller et punir,* le philosophe Michel Foucault s'est penché sur

116 « Principes de détermination de la peine », *Bernier Fournier avocats.*

la question épineuse du châtiment sous son prisme carcéral. Il y décrit les mécanismes de contrôle et d'exclusion instaurés à partir de la fin du dix-huitième siècle contre celles et ceux qui transgressaient les lois. Chez Foucault, à plus forte raison depuis la relative disparition de la peine de mort en Occident, l'émergence de la prison moderne est considérée comme une stratégie punitive englobant trois tactiques: bannir les criminels de l'espace public, les racheter par l'entremise d'obligations et de compensations, et marquer leur corps des cicatrices du pouvoir carcéral[117].

Le sociologue français Philippe Combessie a déployé cette analyse foucaldienne de l'enfermement carcéral, conférant quatre fonctions à la prison, selon les catégories de détenus[118]. D'abord, celle d'une «incitation à la coopération présentencielle», où l'incarcération avant le jugement est perçue comme un moyen d'amener la personne accusée à donner de nouveaux éléments qu'elle avait tus jusqu'à présent. Deuxièmement, celle de la «neutralisation», quand on enferme les délinquants considérés comme très dangereux, pour les mettre hors d'état de nuire. Puis intervient la fonction d'«amendement»: selon cette perspective, l'emprisonnement offre aux détenus – et cela n'est vrai que pour les personnes les plus exclues sur le plan social – la possibilité d'une prise en charge par l'institution carcérale

117 Michel Foucault, *Surveiller et punir.*
118 Philippe Combessie, «La prison: quelles fonctions?», *Les Cahiers français: documents d'actualité*, p. 46-52.

de leurs besoins sanitaires, médicaux, scolaires, etc. La quatrième fonction, celle du sacrifice, s'applique à l'ensemble des justiciables, et davantage encore à ceux qui ne représentent pas un grave danger pour la société, mais qui sont enfermés pour les dommages occasionnés au vivre-ensemble.

La prison comme fonction sacrificielle: sur le plan symbolique, c'est le rôle auquel on peut associer le plus spontanément les condamnations carcérales pour violences sexuelles. L'incarcération viendrait contrebalancer la blessure et la déshumanisation engendrées. Priver de liberté le corps de l'autre, c'est aussi brimer, piétiner, humilier.

Pour reprendre la métaphore foucaldienne: le fait de marquer à son tour le corps des criminels, en les excluant de la sphère sociale, nous impose une surveillance collective. Les penseurs cités ci-dessus montrent que les peines carcérales sont perçues et défendues idéologiquement comme visant à réparer les atteintes portées aux victimes et à ce que les délinquants prennent conscience de leurs crimes; elles permettraient qu'il y ait à la fois prévention et réparation. Mais la fonction sacrificielle entraîne son lot de «victimes expiatoires pré-désigné[e]s», selon Philippe Combessie: les personnes d'origine étrangère ou racisées, les classes populaires, mais aussi les hommes sont surreprésentés dans les prisons[119].

119 *Ibid.*

Pour ma part, je ne me suis jamais habituée à l'idée de la prison: d'autres manières, peut-être utopiques, d'obtenir justice et de permettre la réhabilitation restent à envisager.

La justice qui répare

Novembre 2022

Un soir pluvieux de novembre, je me suis rendue aux bureaux du ministre fédéral de la Justice, David Lametti. La réunion, organisée autour des crimes haineux – un des sujets de recherche de mes études postdoctorales –, réunissait des juristes de divers horizons. Les allures staliniennes du bâtiment ne m'inspiraient rien qui vaille, mais j'avais très envie d'entendre les discussions.

À la table, à gauche du ministre, se tenait Marie-Eve Lamoureux, yeux clairs et rieurs, directrice générale d'Équijustice, une association à but non lucratif de justice réparatrice comptant vingt-trois membres à travers le Québec. L'intervenante a ouvert la réflexion sur ce qu'on présente comme une option de rechange aux victimes que le système de justice traditionnel n'a pas su satisfaire[120]. J'ai convié Marie-Eve à une vidéoconférence animée, où sa passion crevait l'écran.

120 Voir aussi le documentaire de Pauline Voisard sur la justice réparatrice, *Quand punir ne suffit pas*, sur Tou.tv.

Le criminologue américain Howard Zehr, précurseur et premier théoricien de la justice réparatrice, en propose cette définition: «La justice réparatrice est un processus qui englobe, dans la mesure du possible, toutes les personnes concernées par une infraction spécifique et qui a pour objectif de définir collectivement les dangers, les besoins, les obligations découlant de cette infraction et d'y faire face afin d'obtenir la guérison et de rétablir du mieux possible l'ordre des choses[121].»

Fondée en 1989, Équijustice accomplit avec ses collaborateurs accrédités une mission communautaire. L'association met à la disposition des citoyennes et des citoyens des services de justice réparatrice gratuits, en trois volets: des «programmes de déjudiciarisation ou de non-judiciarisation [offrant] à des individus ayant commis certaines infractions d'accomplir des mesures de rechange et d'éviter des procédures pénales[122]»; des engagements locaux, qui se traduisent par un accompagnement dans des collectivités en conflit; et de la médiation citoyenne, pour celles et ceux qui engagent une démarche de dialogue en marge de la justice conventionnelle. Les personnes intervenantes étant bénévoles et ne bénéficiant pas toutes du même niveau de formation, cette approche pourrait toutefois ne pas convenir aux personnes qui préfèrent un suivi psychologique en bonne et due forme.

121 Zehr, cité dans Juste.Équipage, *Petit manuel de justice réparatrice*, p. 5.

122 «Services de justice réparatrice», *Équijustice*.

Les motifs amenant à consulter Équijustice varient, tant pour les victimes et leurs témoins que pour les autrices ou auteurs d'un méfait: conflits interpersonnels, cybercriminalité, harcèlement, violences de genre, mais aussi crimes graves réclamant une médiation spécialisée, tels que l'inceste, les agressions sexuelles, la violence conjugale et physique, la maltraitance et les homicides.

Marie-Eve Lamoureux aborde la justice réparatrice comme une solution complémentaire, qui donne à toutes les parties touchées par un délit, dénoncé officiellement ou non, la possibilité d'un règlement qui se prête à la réparation. Chacune participe volontairement à la négociation, ancrée dans le désir d'écouter l'autre et de connaître ses demandes. Pendant les vagues de dénonciation sur les médias sociaux, plusieurs agresseurs ont avoué publiquement des gestes de violence sexuelle. La plupart de ces personnes ne se retrouveront jamais devant un tribunal. L'exercice de la médiation accorde un espace confidentiel et sécuritaire aux agresseurs repentants qui voudraient écouter leur victime.

Soigner les dommages et les blessures est l'objectif principal d'Équijustice, une priorité que ne partage pas le système judiciaire traditionnel, centré sur les contrevenants, leurs crimes et leurs condamnations. Au cœur de la justice réparatrice, il y a les victimes, l'«après» du crime, ses conséquences sur celles-ci et leur entourage.

Concrètement, la médiation chez Équijustice s'articule autour d'un premier critère: assurer aux victimes et aux agresseurs un encadrement sécuritaire. Une médiatrice ou un médiateur, formé par Équijustice[123], commence par cibler les besoins de la personne requérante et cherche à obtenir le consentement de l'autre partie à s'engager dans le processus, en communiquant bien les attentes de chacune au cours d'entretiens préparatoires. La médiation peut prendre plusieurs formes : l'écriture d'une lettre, une rencontre en personne, l'envoi d'un message vocal ou vidéo, un échange de courriels, et s'arrêter à tout moment. Tous les moyens sont légitimes, tant qu'on s'entend sur la façon dont on s'y prendra.

Marie-Eve Lamoureux précise que la plupart des gens croient qu'un agresseur doit avoir reconnu ses torts pour prendre part à une médiation, et que la démarche débouche forcément sur une demande de pardon. C'est parfois vrai, mais, la plupart du temps, c'est le désir de mettre fin à un chapitre malheureux qui anime les personnes requérantes. Certaines victimes de violences sexuelles reprennent contact avec un agresseur pour comprendre ses motivations ou pour confirmer son déni des actes reprochés. Lors de ces face-à-face, tous singuliers, les pleurs, les griefs, la détresse, mais aussi l'apaisement peuvent se manifester dans un espace sûr. La directrice générale se souvient d'une séance bouleversante entre un père incestueux

123 Pour en savoir davantage sur les techniques de médiation relationnelle chez Équijustice, consulter *La médiation relationnelle : rencontres de dialogue et justice réparatrice*, par Serge Charbonneau et Catherine Rossi.

et sa fille, qui l'a renié. Le père avait consenti à la rencontre, sachant que la survie de son enfant passait par une rupture définitive.

Ce qui se produit entre les quatre murs d'Équijustice relève d'une volonté de renforcer le tissu social et de préparer la voie à la conciliation. Alors que le lien de confiance entre les tribunaux et les victimes de violences sexuelles est toujours aussi ténu, cette pratique collaborative représente une possibilité d'étancher la soif de justice de ces dernières.

Plus tard, en continuant de me renseigner, j'ai aussi appris que la réflexion sur la justice réparatrice a été approfondie par les penseurs afro-féministes et autochtones, car elle représente une alternative au système judiciaire et carcéral, pour des personnes qui ont de bonnes raisons de s'en méfier. Dans *Le privilège de dénoncer*[124], Kharoll-Ann Souffrant a bien montré comment les femmes racisées étaient majoritairement tenues à l'écart des mouvements de dénonciation des agressions sexuelles. En raison de préjugés racistes et coloniaux visant leur corps et leur sexualité, notamment, on n'estime pas qu'elles puissent être des victimes et leur parole est perçue, même dans les milieux féministes, comme de moindre valeur que celle des femmes blanches. De plus, quand on appartient à une communauté déjà opprimée, il peut sembler difficile de dénoncer un agresseur qui en est également issu. En ce sens, la mise en place d'un système de justice

124 Kharoll-Ann Souffrant, *Le privilège de dénoncer, op. cit.*

réparatrice permettrait aux victimes noires et autochtones d'obtenir reconnaissance et réparation, selon leurs propres termes, tout en renforçant leur communauté, au lieu de la déstabiliser davantage.

Pour la suite du monde

Mont-Saint-Hilaire, 16 juin 2021

Nous sommes à une semaine du verdict. Je m'émeus de la chair de ma fille, de son odeur de lait miellé et de savon doux.

Je hume Nina et Elio à m'en étourdir d'amour.

Je les aime plus que tout et ils me le rendent bien. Nous sommes un ensemble qui bouge en communion.

Je ne pense plus au jugement qui sera annoncé le 23 juin. Au lendemain du procès, craintive, désemparée, je n'étais plus moi-même. Aujourd'hui, j'ai retrouvé ma candeur. Ce que d'autres appellent mon ressentiment, je le nomme amour-propre.

Je sais très intimement que je fais tout cela pour Nina et pour Elio. Ce qui m'est arrivé n'est pas important, parce que maintenant je leur dois une vie.

Je vole du temps pour écrire le soir. J'ai composé ce livre en volant du temps. Il fait presque nuit, mes enfants rêvent à la crème glacée ou au chocolat chaud qui les calmera. Au réveil, ils s'agiteront, grouillants, allègres, insouciants des drames qui nous secouent. Et ils voudront jouer.

J'aimerais qu'ils reçoivent en partage le cadeau de l'empathie. Celui d'un monde plus juste où on discute ouvertement de sexualité, des rapports de force, du pouvoir. Qu'ils apprennent à vivre avec les autres dans le respect: recevoir le consentement d'autrui, lui donner son accord, c'est écouter, comprendre, se questionner. Il m'apparaît tout à fait possible de séduire sans détruire. Ces discussions devront être abordées de front avec eux.

Nina et Elio apprendront qu'on ne traite pas les personnes comme des objets. Et que cela commence dans la sphère intime. Je ne les abandonnerai pas devant des images glorifiant la violence et la domination. Non, mon fils ne tuera pas virtuellement une fille dans le dernier jeu vidéo populaire du type *Grand Theft Auto*. Contre ces scénarios nocifs, ils hériteront du contrepoison de l'esprit critique.

Mon existence prend une tournure vertigineuse, mes fardeaux s'allègent les uns après les autres. Je me libère. J'apprenais cette semaine que les membres du comité considéraient ma thèse comme du bon travail et que je la soutiendrais bientôt. J'arrive au bout de mes croisades, assoiffée. J'en ai assez de me faire du mauvais sang.

Impossible pour moi de jouer les devineresses quant au verdict. Je ne connais pas la langue hermétique des règles de droit et c'est le magistrat qui tranchera. Je n'ai aucune attente sauf celle d'être crue par mes proches. Le reste ne m'appartient plus.

Le temple se fissure

Mont-Saint-Hilaire, 22 juin 2021

Aujourd'hui, à la veille du verdict, la magie a opéré. Depuis cinq mois, je me demandais si je possédais encore l'exemplaire que m'avait offert Lise Payette de ses mémoires politiques, *Le pouvoir? Connais pas!*. J'avais cru l'avoir jeté après le procès, meurtrie par l'humiliation du contre-interrogatoire.

Gianluca cherchait ses plus belles chaussures pour le jugement, et je voulais l'aider. Au sous-sol, parmi les boîtes datant de notre déménagement de l'année passée, je suis tombée sur celle, en plastique bleu, où étaient rangées les photos de l'été de mes dix-sept ans. Et là, entre mes mains, le livre. J'ai vu ça comme un bon signe, qui m'a réconfortée.

C'est le cœur léger que j'entame mon dernier voyage à Québec. J'ai avec moi ma tribu. Mes amies Dominique, Geneviève, Maika et Marianne m'accompagnent, et mon chum tient le volant. Elio reste à la maison, gardé par ma mère. Nina, neuf mois, ne crie pas de tout le trajet et nous mangeons un Big Mac avec des frites au service à l'auto de l'ancien restaurant Madrid.

À Québec, le charme des lieux et le panorama de la promenade Samuel-De Champlain nous frappent une fois de plus. Au rond-point de l'Assemblée nationale, le trac me prend. Nous descendons la côte d'Abraham. Je montre du doigt le complexe Méduse à mon amoureux. C'est non loin de là que John Doe m'a agressée sexuellement, une soirée d'août 2008, il y a treize ans de cela.

À l'hôtel PUR, je défais mes valises pendant que Nina escalade le moindre obstacle. Mes amies nous rejoignent dans notre chambre, champagne et pizzas sous le bras, pour «célébrer la victoire». Nous rions, festoyons, trinquons à notre amitié. Elles sont ici pour moi et, si je devais chuter demain, elles répondront encore présent. C'est une soirée un peu folle, extatique.

Québec, 23 juin 2021

3 h 50. Nina veut boire. Je la nourris dans la lumière du solstice d'été qui embrase déjà les vitres de l'immense fenêtre de la chambre. Nina se rendort. Pas moi: j'ai envie que la journée commence.

4 h 30. Rien à faire, je ne dormirai plus. Je me lève pour une séance de yoga méditatif. J'exécute mes salutations au soleil en n'espérant rien d'autre que de rester moi-même.

5 h. Je bois consciencieusement une bouteille d'eau et mon premier café en ramassant les déchets du party d'hier. Je conserve les deux bouteilles de champagne, vestiges sororaux.

5 h 30. Je récite mes déclarations aux médias sous la douche. Je les maîtrise.

6 h. Nina se réveille. Je lui donne le sein et continue de ranger la pièce pour tenir l'anxiété à distance. Mes cheveux sont séchés et brossés. Je bourre des kleenex dans mes souliers vernis noirs à talons achetés en ligne durant la pandémie. Ils me plaisent, bien que légèrement trop grands. Je n'ai jamais trouvé le temps de les retourner. Je m'exerce à ne pas marcher comme un canard.

6 h 45. Sophie, la maquilleuse, cogne à la porte. J'ai réclamé son aide, car je déteste m'arranger et les caméramans de *T'as juste à porter plainte* tourneront des images du verdict. Elle dispose ses outils de travail, pinceaux et fards, sur le lit. Nous jasons et ça me détend. Elle agrandit mes yeux, me colore le visage de teintes rosées. Je trouve ça joli.

8 h 15. Nous sommes en retard, je demande à Sophie d'accélérer. Gianluca emporte la petite, qui mettait les pinceaux dans sa bouche. J'enfourne pêle-mêle dans ma valise mes effets étalés tout autour.

8 h 30. En route vers l'ascenseur avec Nina et mon amoureux, je deviens irritable. L'adrénaline monte.

8 h 50. Dans l'auto, je m'informe de mon chum. Se sent-il nerveux, lui aussi ? Il me répond que oui. J'essaie de détendre l'atmosphère.

9 h 20. Au palais de justice, mes amies sont déjà dans la salle 2.07 où sera rendu le verdict. Le clan de l'accusé entre à notre suite.

9 h 30. Le juge Stéphane Poulin, cheveux roux, sourire franc et immaculé, s'installe. Le procureur prend

place à son tour, avec son air de jeune premier et ses dents tout aussi blanches. Je lui présente mes amies, admiratives: «Maître Bérubé, voici vos fans.» Elles me tiennent par la main. Notre énergie est électrique.

9 h 35. Deux procureurs entrent dans la salle par erreur. Ils discutent de leurs vacances. La confusion semble contrarier le juge.

9 h 45. Le juge s'apprête à prononcer son verdict. Maître Bérubé demande qu'on lève mon interdit de publication.

11h. John Doe est déclaré coupable des chefs d'accusation[125].

11 h 05. Le juge rassemble ses affaires. Maître Michel Bérubé et Sophie Sheedy nous invitent, Gianluca et moi, à les suivre dans les bureaux du Directeur des poursuites criminelles et pénales. Tout s'est passé très rapidement. Si maître Bérubé avait pu lancer ses dossiers en l'air comme un finissant sa toque, il l'aurait fait. C'est la victoire! Ses collègues nous félicitent. Je remercie l'équipe; nous absorbons la secousse. Ce jugement en ma faveur, nous ne nous y attendions pas. J'ai besoin d'un moment avant de m'adresser aux médias.

11 h 30. Une meute de journalistes nous attend à la sortie du palais de justice. Maître Bérubé déclare «que l'issue du procès démontre que le système de justice fonctionne. Il [fait] remarquer que Mme Clermont-Dion a obtenu justice, et ce, même si les événements

125 La portion «VIII. L'analyse» du jugement rendu par Stéphane Poulin est reproduite dans son intégralité en pages annexes.

remontent à plus de dix ans et que la preuve reposait essentiellement sur son témoignage. “Lorsqu’on dénonce un abus sexuel, on reprend le contrôle [...]. Il y a une équipe qui se construit autour de soi. Donc, j’espère, j’ose espérer que cette cause-là saura encourager les victimes à dénoncer”[126] ». Je m’avance vers les journalistes à mon tour.

126 Louis Gagné, « Michel Venne reconnu coupable d’agression sexuelle », *Radio-Canada*.

Cinq ans

Rome, octobre 2022

Chaque fois que je retrouve l'Italie, mes jambes flagellent devant pareille splendeur. J'y suis à l'occasion de la présentation de mon film sur la misogynie en ligne, *Je vous salue salope*[127], au festival international du film de la relève Alice nella Città, une section parallèle du Festival international du film de Rome.

Les sons qui montent entre les pavés et les murailles patinées de la ville me saisissent. Les klaxons tonitruants. Les pleurs d'un bébé qui a faim. Les vespas se frayant un chemin à toute allure à travers le chaos citadin. Je savoure les derniers instants de répit de mon séjour outre-mer sans les enfants: Nina, maintenant âgée de deux ans, et Elio, trois ans et demi, restés avec leur père au Québec. En ce soir de clôture, je me retrouve dans un amphithéâtre romain qui a tout de l'extravagance latine. Des femmes fardées avec art, couvertes de paillettes et les lèvres botoxées, s'y succèdent sur le *tappeto rosso*:

127 *Je vous salue salope: la misogynie au temps du numérique*, La Ruelle. Coréalisé avec Guylaine Maroist.

l'ancien monde. C'est la foule pour ce film, *Lamborghini: l'homme derrière la légende,* une biographie du fondateur de la mythique compagnie automobile, orgueil des Italiens. Chez les spectateurs, le mauvais goût tape-à-l'œil croise le raffinement huppé. Je m'enfile des coupes de prosecco; le film est un navet.

Je souris dans la foule égayée, mais, au fond, suis-je la bienvenue? L'Italie vient d'élire un gouvernement d'extrême droite. La première ministre est la nationaliste Giorgia Meloni, héritière du postfascisme et d'une idéologie anti-immigration, antiféministe, raciste et conservatrice, qui s'oppose à l'avortement et aux droits de la communauté LGBTQIA+. Hier, j'ai soupé avec Laura Boldrini, ex-présidente de la Chambre des députés, élue pour le parti de gauche, qui figure dans *Je vous salue salope.* Elle m'a dressé un constat catégorique: le mouvement #MeToo est très mal perçu en Italie et les dénonciations ne passent pas.

Voilà près d'un an que je n'ai pas écrit. Il est arrivé pourtant tellement de choses depuis le procès. La sentence de mon agresseur a été prononcée lors des observations sur la peine: six mois de prison. La cause portée en appel par la défense sera bientôt entendue, à l'automne 2023. Le compte à rebours se poursuit: quinze ans depuis l'agression; cinq ans, bientôt six, de démarches judiciaires. Est-ce que cette affaire se terminera un jour?

Il y a eu ma retraite au monastère des Augustines, à Québec, en juillet. Les sœurs m'ont accueillie dans ce lieu si paisible alors que je bouillais intérieurement.

J'ai invité à souper maître Michel Bérubé, l'enquêteur Daniel Raymond et mon témoin Stéphane Champreux, accompagné de son amoureuse, directement débarqués de France pour l'occasion. Je tenais à les remercier pour leur appui et leur dévouement. À leur signifier à quel point ils avaient été précieux pour moi. Quelques bouteilles de champagne ont été éclusées. Nous avions aussi autre chose à célébrer, la vie. Celle de Daniel Raymond, atteint d'un cancer incurable[128]. J'ai énormément pleuré. J'ai pleuré sur le procès, sur mes adieux à ces personnes d'exception, incluant l'enquêtrice Sophie Sheedy. J'étais encore en larmes en rentrant au monastère. Avant de me réfugier dans les draps blancs de ma petite chambre, j'ai expliqué aux augustines que ma peine enfin lâchée faisait partie de «mes soins», et qu'il ne fallait pas s'inquiéter pour moi.

Ces jours-ci, on souligne les cinq ans de #MeToo. Quel bilan en tirer? Je ne peux m'empêcher de retomber dans un certain pessimisme: le ressac contre le mouvement et celles et ceux qui dénoncent est virulent. On dit que #MeToo a tué la drague et engendré une culture de l'annulation. Son héritage? Des carrières ruinées et des hommes détruits. On pointe du doigt les supposées fausses dénonciations, tandis que se multiplient les échecs du système judiciaire. Dans un cas récent, Simon Houle, un ingénieur de vingt-sept ans accusé d'agression sexuelle et de voyeurisme, a

128 Le sergent-détective Daniel Raymond s'est éteint le 6 juillet 2023 à Québec, entouré de ses proches, à l'âge de quarante-neuf ans.

plaidé coupable aux chefs d'accusation portés contre lui. Dans son jugement, où on lit d'autres énormités, le juge Poliquin lui a accordé une absolution conditionnelle afin de ne pas le lester d'un casier judiciaire : il n'aurait pas fallu que l'homme soit empêché de voyager, et ce, au détriment de sa carrière prometteuse. Et la victime ? Le juge n'a pas eu de mots pour elle. L'agresseur acquitté s'en prendra à une nouvelle femme quelques semaines après le verdict, dans un tout-inclus de Cuba[129]. Le magistrat Poliquin, malgré sa décision choquante unanimement critiquée et le dépôt d'une plainte au Conseil de la magistrature par le ministre de la Justice, restera en fonction. D'après le Conseil, les juges seraient inamovibles[130].

Les conséquences bénéfiques de la prise de parole de #MeToo existent pourtant réellement : elles ont transformé les institutions, leurs lois et la pratique juridique de plusieurs États. Au Québec, un comité transpartisan formé de quatre députées de l'Assemblée nationale (la ministre responsable de la Condition féminine sortante Isabelle Charest et les députées Christine Labrie, QS, Isabelle Melançon, PLQ et Véronique Hivon, PQ a mandaté un groupe d'experts de l'accompagnement des victimes d'agressions sexuelles et de violence conjugale,

129 Simon Houle sera condamné en appel à douze mois de prison, ainsi qu'à des travaux communautaires pour avoir brisé les conditions de sa probation. Ariane Krol, « Simon Houle écope de travaux communautaires », *La Presse*.

130 Stéphanie Marin, « Le Conseil de la magistrature rejette les plaintes contre le juge Poliquin dans l'affaire Simon Houle », *Le Devoir*.

qui a déposé en décembre 2020 cent quatre-vingt-dix recommandations de mesures dans son rapport *Rebâtir la confiance,* afin de «mieux adapter le système judiciaire aux personnes victimes et [d']assurer une meilleure compréhension des diverses options disponibles pour elles, tant à l'intérieur du système judiciaire qu'à l'extérieur de celui-ci[131].»

Plusieurs de ces recommandations, comme le projet de loi 92, ont été adoptées par l'Assemblée nationale ou sont en voie de l'être, comme en témoignent les différents projets pilotes de tribunaux spécialisés en matière de violences sexuelle et conjugale à travers le Québec[132]. Dans la société civile, on a discuté des enjeux des violences sexuelles avec nos frères, nos garçons, nos filles et nos sœurs. Les mentalités évoluent. Ça, j'y crois.

En décidant de porter plainte, j'ai affronté les préjugés, les avertissements non sollicités, le paternalisme, la suspicion professionnelle; j'ai récolté tant des applaudissements que des mesquineries. J'ai persisté à tenir dans l'urgence mon «journal de la poursuite», où j'ai tout relaté de mon expérience. La maladresse et l'anxiété y ont été consignées comme le reste, car un tel récit méritait engagement et vérité.

Dans le livre qui en a résulté, différents langages se croisent, au gré de l'écriture et du temps qui passe. *Porter plainte* ne se veut pas le héraut d'une quelconque

131 «Rapport Rebâtir la confiance», *Gouvernement du Québec.*
132 Stéphane Bordeleau, «Violence sexuelle et conjugale: un premier tribunal spécialisé voit le jour à Valleyfield», *Radio-Canada.*

morale; c'est une charge composée au *je*, mais sa subjectivité relève d'un *nous*. Celui des générations qui nous précèdent, celui des années d'asservissement. Le corps meurtri des femmes m'habite. Leurs souffrances, leur humiliation. Certains souhaiteraient nous voir disparaître. Mon *je* est celui d'une femme blanche qui a eu la chance de naître au bon endroit; même cela ne m'a pas empêchée de connaître la violence.

Écrire est un acte libérateur, or on exige constamment des femmes qu'elles s'en justifient. On m'a demandé: «Cherches-tu de l'attention?» Bien sûr que je souhaite qu'on mette en lumière les voix de toutes les victimes dans leur reprise de pouvoir légitime. Des victimes qui parlent, comme de celles qui ont décidé de se taire. Je m'appelle Léa Clermont-Dion, j'ai trente et un ans, et je refuse qu'on ignore les survivantes et survivants d'agressions sexuelles; je revendique ma colère, mon sentiment d'injustice, puis ma joie au moment du jugement. Je ne sais pas quand je mettrai un point final à cette histoire. Son terme mouvant reste à venir, et j'espère ardemment qu'il me sera favorable.

D'ici là, je me consacre à ce qu'il y a de plus tangible. J'admire le tracé du peintre Giuseppe Capogrossi à la Galerie nationale d'art moderne et contemporain, salue en ressortant une *nonna* centenaire promenant son chiot à Trastevere; je savoure une bouchée de tiramisu fondante en compagnie de ma nouvelle amie Valentina, la féministe aux quinze chats qui sillonne la ville à moto; j'écoute les cris joyeux sur la Piazza di Spagna. Je suis libre.

Le prosecco et le soleil romain me gonflent le cœur. Je m'enracine.

Et je nous rends hommage.

À nous et à nos corps de femmes, en lutte. Nos corps sont un terrain de résistance.

Le jugement

VIII. L'ANALYSE[1]

a) Les principes de droit applicables

[164] Tout accusé est présumé innocent, ce qui se traduit dans le fardeau de preuve que doit assumer le poursuivant. Il lui revient de démontrer, hors de tout doute raisonnable, que l'accusé a véritablement commis l'infraction reprochée.

[165] Ainsi, il appartient toujours à l'État de prouver la culpabilité de tout accusé hors de tout doute raisonnable.

[166] La Cour suprême dans l'arrêt *R. c. Lifchus*[2] a statué qu'un doute raisonnable n'est pas un doute imaginaire ou frivole. Il ne doit pas reposer sur la sympathie ou sur un préjugé. Il doit plutôt reposer sur la raison et le bon sens. Il doit logiquement découler de la preuve ou de l'absence de preuve.

1 *R. c. Venne*, 2021 QCCQ 5236, Cour du Québec. Les notes en bas de page renvoyant à la jurisprudence ont été omises.

2 Le juge se réfère ainsi à d'autres décisions, appelées « arrêts », pour asseoir sa réflexion. L'abréviation *R. c.* signifie *le Roi* ou *la Reine contre*, et est suivie du nom de l'accusé (NDÉ).

[167] Dans ce même arrêt, il a été édicté que, si l'accusé est probablement ou vraisemblablement coupable, cela n'est pas suffisant. Dans un tel cas, on doit lui accorder le bénéfice du doute et l'acquitter, parce que le ministère public n'a pas réussi à convaincre de sa culpabilité hors de tout doute raisonnable.

[168] Le degré de preuve hors de tout doute raisonnable n'exige par contre pas une preuve correspondant à la certitude absolue. De plus, il n'existe pas de présomption qu'une présumée victime dit la vérité.

[169] Il n'existe aucune présomption qu'un témoin est honnête. Il revient au juge de déterminer le degré de crédibilité et de fiabilité qu'il accorde à chacun des témoignages rendus au cours du procès.

[170] Étant donné les versions contradictoires, le Tribunal suivra la démarche en trois étapes de l'arrêt *[R. c.] W. (D.)* pour déterminer ultimement si la preuve, dans son ensemble, établit la culpabilité de l'accusé selon la norme requise en matière criminelle.

[171] Dans le cadre de son analyse, le Tribunal n'a pas à choisir entre deux versions, pas plus qu'il n'a à se demander laquelle des deux versions il croit le plus ou laquelle est plus probable, le procès criminel n'étant pas un concours de crédibilité.

[172] Un accusé bénéficie du doute raisonnable et pas uniquement si les deux versions sont également concordantes et valables.

[173] Par ailleurs, il a droit au bénéfice du doute raisonnable tant sur son témoignage que dans l'évaluation de sa crédibilité, dans l'appréciation de sa défense et dans l'analyse de l'ensemble de la preuve présentée au procès.

[174] Le témoignage de l'accusé ne doit pas être considéré isolément, mais doit être analysé dans l'ensemble de la preuve.

[175] Le Tribunal peut accepter une déposition d'un témoin en totalité ou en partie ou l'écarter entièrement.

[176] Aussi, «[L]orsqu'un témoignage renferme des contradictions ou des incohérences, le juge ne doit pas se limiter à déterminer s'il doit être complètement écarté, mais il doit aussi considérer s'il laisse subsister un doute raisonnable dont l'accusé doit bénéficier[3]».

[177] De plus, il n'a pas à rejeter un témoignage parce que certains faits sont manquants dans le récit d'un témoin sur des détails ou des faits périphériques qui n'affectent pas outre mesure sa crédibilité quant aux gestes reprochés à un accusé.

[178] Il peut aussi accorder un poids différent à certaines parties d'un témoignage qu'il accepte.

[179] Par ailleurs, l'accusé n'a pas à démontrer qu'une présumée victime a menti ni qu'elle a un motif de fabriquer de la preuve et le Tribunal n'a pas à décider entre qui dit la vérité et qui ne la dit pas.

3 *R. c. Cloutier*, 2011 QCCQ 9387, par. 127.

[180] En outre de ce qui précède, la preuve retenue ainsi que les inférences pouvant en être tirées par le Tribunal doivent être exemptes de toutes formes de mythes, stéréotypes ou préjugés.

b) Est-ce que le Tribunal croit l'accusé ?

[181] Le Tribunal ne croit pas l'accusé. Même si, à première vue, son témoignage est constant et structuré, il est invraisemblable pour les motifs ci-après exposés.

L'explication apportée par l'accusé pour justifier que son bras se retrouve autour des épaules de la plaignante est déraisonnable

[182] Le récit des évènements de l'accusé en regard de celui qui s'est déroulé devant Les Résidences de l'Université du Québec, où logeait la plaignante, confirme généralement la version de celle-ci, sous réserve des faits dont il n'a pas de souvenir et des actes à caractère sexuel reprochés.

[183] L'accusé fournit une longue explication d'une extrême précision pour décrire le geste qui se déroule en quelques secondes et qui a pu mener, selon lui, à un malentendu.

[184] Selon ce qu'il affirme, c'est au moment de se dire au revoir qu'il s'approche de la plaignante et se tourne vers elle pour lui faire la bise, qu'elle pivote soudainement son corps dans un autre sens, tout en attirant son attention droit devant, que le rapprochement non souhaité se produit.

[185] Essentiellement, il soutient avoir posé sa main droite sur l'épaule droite de la plaignante, avant que son bras se

retrouve autour des épaules de cette dernière, dans un instant de confusion.

[186] Le Tribunal ne croit pas au caractère accidentel du geste qui s'apparente à une étreinte selon la description de l'accusé.

L'accusé soutient à la fois qu'il s'agit d'un acte accidentel et [d']un acte irréfléchi qui se voulait amical

[187] Le geste est initialement présenté par l'accusé comme un geste involontaire qui pourrait être qualifié de banal, si on retient sa version des faits.

[188] Il reconnaît toutefois que le malaise qui s'est installé entre eux était de nature sexuelle, tout en maintenant le caractère accidentel et superficiel du contact.

[189] Or, lorsqu'il rencontre la plaignante quelques semaines après les évènements dans un café du Marché Jean-Talon, il se dit désolé d'avoir mis son bras sur son épaule et de l'avoir mise mal à l'aise, précisant qu'il n'avait pas réfléchi et que le geste se voulait amical. Il concède par ailleurs que «Cet acte n'était pas le meilleur qu'il avait fait dans sa vie».

[190] Dans le même sens et toujours en référence à ce même évènement, l'accusé dit avoir compris les craintes de la plaignante en raison du fait qu'ils étaient seuls [dans] la rue, le soir. Il précise qu'il n'avait pas réfléchi.

[191] Par ces propos, l'accusé admet non seulement le caractère volontaire de l'acte, mais également son caractère inconvenant alors qu'il soutient du même coup, sans équivoque, que l'acte est involontaire.

Le malaise décrit par l'accusé créé par un simple contact superficiel est disproportionné et non crédible

[192] L'importance qu'il accorde à l'évènement et les démarches relativement insistantes pour neutraliser le malaise avec la plaignante et l'ampleur de celui-ci ne concordent pas avec son récit des évènements et affectent sa crédibilité.

[193] De fait, les motifs avancés pour justifier la tentative de communication avec la plaignante, le lendemain des évènements, et la rencontre ayant eu lieu quelques semaines après, sont déraisonnables et ne sont pas crédibles eu égard à «l'évènement» décrit par l'accusé.

[194] En outre, le souhait soudain et radical d'éloignement de la plaignante envers l'accusé, le soir des évènements, est incompatible avec les faits présentés par l'accusé et leur bonne relation, la plaignante ayant toujours été à l'aise avec ce dernier, se permettant même parfois de lui faire la bise en se blottissant contre lui.

[195] L'hésitation de l'accusé à qualifier de familier le geste de la plaignante lorsqu'elle lui fait la bise, lors de son arrivée à l'INM [l'Institut du Nouveau Monde], est fort révélatrice de l'effort de ce dernier de rendre plus vraisemblable le malaise occasionné par une simple accolade accidentelle.

[196] Ces incohérences ne sont pas sans conséquence aux fins de l'analyse de la crédibilité de l'accusé [puisqu]'elles réfutent les éléments déterminants de la défense de l'accusé.

[197] En effet, l'existence d'un malaise entre l'accusé et la plaignante, sa nature, sa gravité ou son ampleur ainsi que les circonstances l'entourant, sont des éléments déterminants dans l'évaluation de la vraisemblance du récit.

L'incapacité de préciser un élément important faisant partie de son récit

[198] Il est fort surprenant que l'accusé, qui donne moult détails pour expliquer le geste à la base du «malentendu», n'ait aucun souvenir [de ce] vers quoi leur attention a été attirée et [qui a] ainsi occasionné leur changement inopiné de position, alors que cet élément fait partie de la séquence des évènements.

Une version des faits calculée et ajustée

[199] La version des faits de l'accusé laisse une impression qu'elle est présentée de façon ajustée et calculée.

[200] Alors qu'il s'est écoulé plus de 12 années depuis les évènements, il se souvient de détails surprenants. À ce titre, il dit se souvenir que la plaignante lui a fait la bise lorsqu'ils se sont rencontrés à l'occasion de «l'école d'hiver» en 2009.

[201] Il est en mesure de donner beaucoup de précisions en regard des faits reprochés mais son souvenir est parfois nul en regard de certains faits collatéraux se déroulant pourtant à une période concomitante.

[202] Il indique s'être senti visé après l'entrevue de la plaignante à l'émission *24·60,* mais pas après avoir lu le blogue, en raison de reproches qu'il ne reconnaissait pas, alors que

les faits reprochés lors de l'entrevue et dans le blogue sont interreliés.

[203] Il soutient qu'avant de se tourner et de se diriger vers l'entrée des résidences où elle logeait, la plaignante lui a fait un signe de la main, à la fois pour lui indiquer de rester à distance et pour le saluer.

[204] Cette situation présentée de façon alternative n'est pas crédible et vise simplement à atténuer l'ampleur de la mésentente et de la distance que la plaignante désirait prendre à son égard. L'accusé admettra d'ailleurs, en contre-interrogatoire, que le geste signifiait plutôt «un stop» qu'un «salut», après qu'il [s'est] fait rappeler l'ambiance qui régnait à ce moment.

[205] De façon générale, on retrouve peu d'indices de sincérité dans le témoignage de l'accusé.

Le manque de franchise et de transparence dans la présentation des circonstances entourant la demande formulée par l'accusé à madame Lise Payette ainsi que les réelles motivations derrière cette démarche

[206] La description des circonstances entourant la demande formulée à madame Payette par l'accusé ainsi que ses réelles motivations sont présentées au Tribunal avec des réticences et un manque de transparence de la part de [l'accusé].

[207] De fait, il prétend que son seul objectif en ce qui a trait à l'intervention de madame Payette était de comprendre pourquoi des faussetés avaient été écrites à son sujet en

2014 et qu'elles refaisaient surface à ce moment. Or, il affirme parallèlement qu'il cherchait un moyen de laver sa réputation, [de] dissiper la rumeur qui le hantait et [de] trouver une solution pour que le Comité de sélection du journal *Le Devoir* reconsidère sa candidature pour le poste convoité.

[208] Les démarches effectuées auprès de madame Payette, de la Direction du *Devoir*, de son Conseil d'administration, ainsi qu'auprès du Comité de sélection, sont fort révélatrices de l'objectif réel poursuivi par l'accusé.

[209] Ainsi, dans les derniers jours du mois d'octobre 2015, pour éviter de nuire au journal, monsieur Bernard Descôteaux, Directeur du journal *Le Devoir*, demande à l'accusé de retirer sa candidature en raison des allégations de la plaignante.

[210] Dans les jours qui suivent, l'accusé se questionne sur l'opportunité de présenter à nouveau sa candidature et consulte le président du Conseil d'administration du journal *Le Devoir* en poste à ce moment, monsieur Jean Lamarre, pour avoir son assentiment relativement à cette démarche. Ce dernier lui confirme son accord à aller en ce sens.

[211] C'est à cette occasion que monsieur Lamarre lui suggère de consulter des personnes à l'extérieur de son cercle de connaissances proches pour trouver une façon de se libérer du poids de cette rumeur. Monsieur Lamarre suggère alors à l'accusé de consulter madame Payette.

[212] Dans les jours qui suivent son entretien avec le président du Conseil d'administration du journal *Le Devoir*, il soumet à nouveau sa candidature.

[213] Ainsi, la démarche auprès de madame Payette se fait dans le contexte où l'accusé croit toujours possible sa nomination au poste convoité.

[214] De surcroît, au moment de sa rencontre avec madame Payette, il a déjà en main une quantité importante d'informations qu'il lui transmet en prévision de sa rencontre avec la plaignante.

[215] L'objectif déclaré de la démarche visant uniquement à obtenir de l'information permettant de comprendre la distorsion entre ce qui s'est passé en 2008 et les gestes évoqués dans le blogue publié à son sujet ou [à] simplement obtenir des clarifications, s'apparente à un prétexte pour justifier l'intervention auprès de la plaignante et n'est pas crédible.

[216] Sous le couvert de la quête d'informations, l'accusé cherche manifestement à faire taire la rumeur et [à] laver sa réputation afin de pouvoir accéder à la Direction du journal *Le Devoir*.

[217] D'ailleurs, l'intervention de madame Payette dans un contexte où l'accusé a toujours espoir d'avoir le poste était utile uniquement si l'accusé était en mesure de laver sa réputation rapidement par l'obtention d'une preuve crédible établissant la fausseté des allégations ou en faisant taire cette rumeur. Autrement, le mal était fait en ce qui concerne la candidature de l'accusé au poste convoité.

[218] L'accusé affirme ne pas avoir demandé à madame Payette d'intercéder auprès de la plaignante en son nom. Or,

après l'avoir conviée sous un faux prétexte, elle obtient une lettre signée de la plaignante dans laquelle [celle-ci] affirme que les rumeurs ne sont pas fondées.

[219] Elle lui remet cette lettre qu'il utilise pour tenter d'obtenir le poste convoité au journal *Le Devoir* en la présentant à trois dirigeants, à savoir messieurs Descôteaux et Lamarre ainsi qu'à la présidente du Comité de sélection, madame Diane Wilhelmy.

[220] Si l'accusé n'a pas formulé une telle demande à madame Payette comme il l'affirme, le résultat en est tout autre et la lettre est néanmoins utilisée auprès des dirigeants du journal et de la présidente du Comité de sélection pour les convaincre de la fausseté de la rumeur et, ultimement, obtenir le poste qu'il désirait.

[221] Les éléments précédemment énoncés sont déterminants dans l'évaluation de la crédibilité de l'accusé et de la fiabilité de son témoignage.

[222] Après considération de l'ensemble de la preuve, le Tribunal conclut qu'il ne croit pas l'accusé lorsque ce dernier affirme ne pas avoir commis les actes reprochés.

[223] Par ailleurs, le Tribunal ne retient pas son témoignage en ce qui concerne l'objectif poursuivi par ses démarches effectuées auprès de la plaignante après les évènements et celles opérées par l'entremise de madame Payette, qui visaient toutes à étouffer l'affaire.

c) Est-ce que le témoignage de l'accusé est susceptible de soulever un doute raisonnable même si le Tribunal ne le croit pas ?

[224] Pour les motifs précédemment énoncés, le témoignage de l'accusé n'est pas plus susceptible de susciter un doute raisonnable, eu égard à l'ensemble de la preuve.

d) Même si le Tribunal n'a pas de doute à la suite de la déposition de l'accusé, est-ce qu'il est convaincu hors de tout doute raisonnable de sa culpabilité en regard de l'ensemble de la preuve ?

[225] Ainsi, en évaluant l'ensemble de la preuve, incluant le témoignage de la plaignante, le Tribunal doit déterminer si la poursuite a rencontré son fardeau d'établir hors de tout doute raisonnable la culpabilité de l'accusé.

[226] Le Tribunal retient que le témoignage de la plaignante couvre tous les éléments essentiels des infractions.

[227] La preuve de la poursuite repose essentiellement sur le témoignage de la plaignante et l'analyse de la crédibilité de son témoignage est déterminante en l'espèce.

[228] Le Tribunal croit la plaignante en ce qui a trait aux actes reprochés à l'accusé et sur les démarches entreprises pour l'inciter à taire l'affaire malgré qu'il entretienne une certaine réserve sur son témoignage en raison d'éléments susceptible[s] d'affecter la fiabilité et la crédibilité de son témoignage pour les motifs ci-après exposés.

Les éléments susceptibles d'affecter la fiabilité et la valeur probante du témoignage de la plaignante

[229] Le Tribunal considère à titre d'éléments qui sont susceptibles d'affecter la fiabilité et la valeur probante du témoignage de la plaignante les éléments suivants:

- Elle a initialement affirmé connaître l'accusé seulement de réputation avant 2008 et l'avoir connu personnellement uniquement lors de «l'école d'été», alors qu'elle a eu des échanges avec lui en 2006 dans lesquels elle sollicite de l'aide de l'INM pour la réalisation d'un spectacle;
- Elle a admis que sa mémoire des évènements était plus fiable à l'époque concomitante aux faits reprochés relativement à certains faits collatéraux et que, parfois, son souvenir est imparfait en regard de certains faits;
- Elle a affirmé que la lettre signée en présence de madame Payette contenait uniquement une mention qu'elle se distanciait des rumeurs alors qu'en réalité elle affirmait que l'histoire n'[était] pas fondée;
- Elle n'a pas de souvenir des discussions intervenues entre l'accusé et sa conjointe lors de la course en taxi au cours de laquelle le premier évènement a eu lieu alors que dans une déclaration écrite remise aux enquêteurs, elle a affirmé qu'ils discutaient de sujets liés à leur travail;
- Elle a mentionné dans une déclaration antérieure avoir pris place dans ce taxi à un endroit autre que derrière le siège du côté passager, malgré qu'elle soit toujours sur le siège arrière, à côté de l'accusé.

[230] Or, il ne faut pas perdre de vue, dans le cadre de cette analyse, qu'au moment des évènements la plaignante était âgée de 17 ans et que plus de 12 années se sont écoulées entre les évènements et le procès.

[231] En ce qui concerne ses réponses liées au contenu de la lettre, elle n'[en] a pas conservé de copie et l'a révisée uniquement six ans plus tard, lorsqu'elle a été confrontée avec celle-ci en réouverture d'enquête, après qu'une copie fut transmise à la poursuite, pendant le procès, par des membres de la famille de madame Payette, alors que la défense était en possession de cette lettre.

[232] Le Tribunal considère que ces éléments ne sont pas déterminants et affectent tout au plus la valeur probante de son témoignage sur certains faits, pour la plupart collatéraux, et n'affectent en rien sa crédibilité.

Les éléments susceptibles d'affecter la crédibilité du témoignage de la plaignante

[233] Le Tribunal considère à titre d'éléments qui sont susceptibles d'affecter la crédibilité du témoignage de la plaignante les éléments suivants:

- Les modifications de l'enregistrement de l'entretien intervenu avec madame Payette le 19 octobre 2017 et sa remise aux enquêteurs, sans qu'ils soient avisés que l'enregistrement avait été modifié;
- Initialement elle n'admet pas clairement avoir coupé des extraits autrement qu'au début et à la fin de l'enregistrement;

- Elle affirme qu'au moment de l'enquête préliminaire, tenue en juillet 2019, elle n'avait pas de souvenir des modifications de l'enregistrement.

[234] Elle explique que l'utilité première de cet enregistrement était en prévision de sa sortie publique contre l'accusé. Elle affirme également qu'elle aurait pu remettre cet enregistrement aux journalistes qui auraient voulu s'assurer de la véracité de ses propos en ce qui a trait à ses échanges avec madame Payette.

[235] La plaignante justifie ces modifications de l'enregistrement en indiquant initialement qu'elle désirait y enlever les extraits non pertinents et [...] l'écourter, puisqu'elle le considérait [comme] longuet.

[236] Or, les passages où madame Payette se montre bienveillante à son égard ou lorsque cette dernière tente de la convaincre que l'idée de la lettre et son contenu n'émanent pas d'elle, au même titre que les propos permettant de croire qu'elle se distancie de l'accusé, sont également effacés. N'adhérant pas à la prétention de madame Payette qu'elle n'a pas agi pour l'accusé, elle fait également disparaître les propos en ce sens.

[237] On comprend qu'elle veut contrôler le message sur les médias sociaux advenant le cas où sa parole serait mise en doute relativement à l'intervention de madame Payette, qu'elle désapprouve, et ne veut surtout pas laisser croire qu'elle a librement consenti au contenu de la lettre signée en présence de cette dernière.

[238] On constate également que certains passages sont retirés, sans objectifs apparents, ou simplement pour limiter la diffusion d'éléments relevant de sa vie privée.

[239] Les passages où elle réitère toute son admiration à madame Payette sont également retirés.

[240] Selon la défense, ces altérations de l'enregistrement démontrent « une capacité de la plaignante de modifier les faits pour les rendre conformes à sa propre perception de la vérité » et de « présenter le message qu'elle veut bien tout en retranchant toute portion la contredisant ».

[241] Le Tribunal constate que la plaignante voulait contrôler, sur les médias sociaux, l'information portant sur les propos de madame Payette afin d'éviter qu'un message contradictoire soit véhiculé sur les circonstances entourant la signature de la lettre de rétractation.

[242] Il est par ailleurs surprenant que la plaignante n'ait pas eu de souvenir d'avoir effectué des modifications à l'enregistrement, au moment de l'enquête préliminaire, au même titre qu'elle n'ait pas eu de souvenir d'avoir effectué des modifications autres qu'au début et à la fin de celui-ci, lors du procès.

[243] Le Tribunal retient toutefois les éléments suivants :

- L'original de l'enregistrement de l'entretien a été produit en preuve dans le cadre du procès ;
- La plaignante n'a pas tenté d'induire la Cour en erreur au procès avec l'enregistrement de la conversation modifié et n'a pas nié l'avoir modifié ;

- La plaignante a admis, sans réticence, que la remise de l'enregistrement modifié était susceptible d'induire en erreur et qu'elle aurait dû remettre la version intégrale dès le départ;
- La version intégrale de l'enregistrement de l'entretien avec madame Payette est parfaitement compatible avec son témoignage;
- L'enregistrement modifié a été transmis aux enquêteurs uniquement en juin 2018, selon les admissions de la défense et de la poursuite, soit près de huit mois après les altérations.

[244] Le Tribunal croit la plaignante lorsqu'elle affirme ne pas avoir eu l'intention d'induire en erreur les enquêteurs ou de mentir à la Cour.

[245] Elle paraît par ailleurs sincère lorsqu'elle affirme avoir commis une erreur en effectuant les modifications à l'enregistrement comme il lui arrive de le faire dans le cadre de son travail de réalisatrice.

[246] Les modifications de l'enregistrement n'ont aucunement dénaturé la réalité en lien avec les faits reprochés à l'accusé et présentés devant le Tribunal.

[247] Pour ce qui est d'avoir affirmé faussement à l'émission *24·60* de Radio-Canada ne pas avoir informé ses proches des actes reprochés à l'accusé, alors que sa mère a été informée quelques jours après les évènements, le Tribunal retient qu'il s'agit d'une déclaration irréfléchie qui a été faite dans le feu de l'action et qui n'est pas déterminante dans le cadre de l'évaluation de la crédibilité de la plaignante. Le Tribunal

a néanmoins remarqué une certaine réticence à admettre que l'affirmation qu'elle a faite [était] inexacte.

L'évènement du taxi

[248] En ce qui concerne l'acte reproché lors de la course en taxi, le Tribunal considère qu'il y a trop d'incertitudes pour conclure qu'une preuve hors de tout doute raisonnable a été administrée en ce que:

- La plaignante a indiqué dans une déclaration antérieure qu'elle croyait que l'acte était involontaire;
- La plaignante, qui n'a pas de souvenir de cette mention, reconnaît avec transparence que, si elle a fait cette déclaration à une période plus contemporaine aux évènements, il est fort probable que ce soit conforme à la vérité.

Le Tribunal retient le témoignage de la plaignante quant aux questions fondamentales

[249] Malgré les éléments pouvant affecter la valeur probante et la crédibilité de son témoignage précédemment énoncés, le Tribunal croit la plaignante lorsqu'elle affirme avoir été agressée sexuellement par l'accusé ainsi que sur les circonstances entourant les évènements.

[250] Son témoignage en regard des pressions exercées pour qu'elle taise l'affaire, tant par l'accusé que par madame Payette, est également retenu.

[251] Sous réserve de ce qui précède, le Tribunal constate que la plaignante a rendu un témoignage qui a paru franc, sincère et transparent.

[252] Dans le cadre de l'évaluation de sa crédibilité, le Tribunal retient ce qui suit:

- Son témoignage est structuré, précis, cohérent et ne laisse place à aucune ambiguïté;
- Elle s'efforce de répondre le plus précisément possible aux questions permettant d'éclairer le Tribunal sans ajouts de faits collatéraux superflus;
- Elle s'assure de bien comprendre les questions avant de répondre;
- Elle apporte régulièrement les précisions ou nuances nécessaires pour s'assurer de répondre le plus exactement possible et n'hésite pas à corriger son témoignage si elle réalise des imprécisions dans celui-ci;
- Sa version des faits est demeurée constante malgré les questions pointilleuses posées en contre-interrogatoire, sous les différents angles possibles;
- Elle admet sans réticence que son souvenir était meilleur à une époque plus contemporaine aux évènements;
- Elle n'hésite pas à reconnaître les imperfections de son témoignage ou parfois le caractère incertain de son souvenir en regard de certains faits collatéraux;
- Elle ne tente pas de combler faussement les vides causés par les questions demeurées sans réponses par l'absence de souvenirs calculés et volontaires;
- Elle est en mesure de donner des détails et des précisions tant sur les éléments périphériques que sur les éléments principaux du dossier;
- Elle est demeurée inébranlable malgré un contre-interrogatoire serré, habilement mené;

- Il n'y a aucune contradiction importante ou déterminante dans son témoignage;
- Son témoignage est sobre en regard de l'accusé qu'elle ne tente pas de dénigrer, malgré les faits reprochés;
- Même si elle a vécu une déception manifeste en ce qui a trait à l'intervention de madame Payette, elle présente les faits de façon objective en demeurant respectueuse de la personne qu'elle a tant admirée dans le passé.

[253] D'autre part, plusieurs indices révélateurs de la sincérité de la plaignante ont été constatés par le Tribunal lorsque, par moment[s], elle a laissé paraître une certaine émotivité, notamment en relatant les actes précis qui constituent l'agression sexuelle reprochée.

[254] Elle a, de plus, paru sincèrement préoccupée par les conséquences de sa dénonciation sur la famille de l'accusé, précisant qu'elle ne voulait pas faire de tort aux membres de celle-ci.

[255] Le Tribunal arrive à la conclusion que «les faiblesses ou imperfections» dans le témoignage de la plaignante ne minent pas «sa crédibilité quant aux questions fondamentales» et son témoignage demeure une preuve crédible établissant la culpabilité de l'accusé hors de tout doute raisonnable.

[256] Sans lui prêter de mauvaises intentions, le Tribunal ne peut retenir les propos de madame Payette lorsqu'elle affirme, au cours de l'entretien enregistré, avoir agi dans l'intérêt de la plaignante et à sa demande, que le contenu de la lettre de rétractation d'allégations provient de cette

dernière, qu'elle a agi au bénéfice de la famille de l'accusé et non pas pour ce dernier et qu'elle n'a pas conservé de copie de la lettre signée par elle et la plaignante.

[257] Quant aux témoignages de la mère de la plaignante, madame S. C., et celui de son collègue de travail de l'époque, monsieur C., le Tribunal considère leurs témoignages [comme] crédibles, objectifs, fiables et sans failles.

[258] Leurs témoignages sont sans équivoques quant au dévoilement rapide des actes de l'accusé.

[259] Conformément à l'arrêt *R. c. Dinardo,* le dévoilement de ces actes ainsi que les circonstances entourant celui-ci par la plaignante à sa mère et à son collègue de travail de l'époque, monsieur C., permettent au Tribunal de comprendre le cadre logique du déroulement des évènements et [d']ainsi apprécier la sincérité de la plaignante, sans toutefois utiliser ces propos pour confirmer son témoignage.

[260] Les constatations relativement au comportement de la plaignante, les jours suivant les évènements, sont également des éléments à considérer dans l'ensemble de la preuve.

IX. CONCLUSIONS

[261] Le Tribunal ne croit pas l'accusé et sa défense n'est pas susceptible de susciter un doute raisonnable.

[262] En considérant l'ensemble de la preuve incluant le témoignage de la plaignante qu'il retient, celui de madame S. C., celui de monsieur C., l'enregistrement de

l'entretien avec madame Payette ainsi que le témoignage de l'accusé qu'il rejette, le Tribunal est convaincu hors de tout doute raisonnable de sa culpabilité.

[263] Ainsi, le Tribunal arrive à la conclusion que la poursuite s'est déchargée de son fardeau d'établir la culpabilité de l'accusé hors de tout doute raisonnable.

[264] **POUR CES MOTIFS, LE TRIBUNAL:**

[265] **DÉCLARE L'ACCUSÉ COUPABLE** des deux chefs d'accusation.

[266] **PRONONCE** la suspension conditionnelle sur le deuxième chef d'accusation considérant la règle interdisant les condamnations multiples en application de l'arrêt *Kienapple* de la Cour suprême.

STÉPHANE POULIN, J.C.Q.

Bibliographie

24·60, ICI RDI, 6 novembre 2014.

Banon, Tristane. « Pourquoi je porte plainte contre DSK », *L'Express*, 4 juillet 2011.

Bergeron, Yannick. « Procès de Michel Venne : l'ex-journaliste se défend de s'être servi de Lise Payette », *Radio-Canada*, 3 février 2021.

Bergeron, Yannick. « La lettre de Lise Payette refait surface au procès de Michel Venne », *Radio-Canada*, 1er février 2021.

Bergeron, Yannick. « Procès de Michel Venne : la défense s'attaque à la crédibilité de la victime », *Radio-Canada*, 26 janvier 2021.

Bergeron, Yannick. « Procès de Michel Venne : "J'étais figée et dégoûtée", dit la plaignante », *Radio-Canada*, 25 janvier 2021.

Boisvert, Anne-Marie. *Le droit pénal barème de la condition féminine ? : le cas de l'agression sexuelle*, Montréal, Anne-Marie Boisvert, 1991.

Bordeleau, Stéphane. « Violence sexuelle et conjugale : un premier tribunal spécialisé voit le jour à Valleyfield », *Radio-Canada*, 25 mars 2022.

Bouchard, J., S. Boyd et E. Sheehy. « Recherches féministes en droit au Canada : une bibliographie annotée », *Revue juridique La femme et le droit*, vol. 11, nº 1-2, 1999, p. 116 à 150.

Brison, Susan. *Après le viol*, Paris, Chambon, 2003.

Caillou, Annabelle. « Plainte pour agression sexuelle : "Comme si c'était ma faute" », *Le Devoir*, 11 décembre 2020.

Cazi, Emeline, et Ariane Chemin. « Affaire DSK : les participantes aux soirées étaient bien rémunérées », *Le Monde*, 7 décembre 2011.

Cazi, Emeline. « La plainte de Tristane Banon contre DSK classée sans suite », *Le Monde*, 13 octobre 2011.

Chambre 2806 : l'affaire DSK, réalisé par Jalil Lespert, produit par Philippe Levasseur, Sophie Palies et Jonny Taylor, France, Netflix, 2020, 3 h 17 min.

Charbonneau, Serge, et Catherine Rossi. *La médiation relationnelle : rencontres de dialogue et justice réparatrice*, Paris, L'Harmattan, 2020.

Chicago, Judy. *The Dinner Party*, 1974-1979. (Collection du Brooklyn Museum, New York, États-Unis).

Clermont-Dion, Léa. « La troisième vague du féminisme est tout sauf conservatrice ou puritaine », *Le Monde*, 11 janvier 2018.

Clermont-Dion, Léa. « Louise, Léa et Lise », *Châtelaine*, 10 janvier 2014.

Clermont-Dion, Léa, Aurélie Lanctôt *et al.* « Et maintenant », *HuffPost*, 14 janvier 2018.

Collard, Nathalie. « *Catch and Kill* : les dessous de l'affaire Weinstein », *La Presse*, 17 octobre 2019.

Combessie, Philippe. « La prison : quelles fonctions ? », *Les Cahiers français : documents d'actualité*, Paris, La Documentation Française, nº 377, 2013, p. 46-52.

Conseil du statut de la femme, *La violence faite aux femmes : à travers les agressions à caractère sexuel*, 1995.

Coste, Philippe. « Rapport médical de Diallo : "Cause des blessures : viol" », *L'Express*, 16 août 2011.

Debauche, Alice, et Christelle Hamel. « La violence comme contrôle social des femmes : entretien avec Jalna Hanmer, sociologue britannique », *Nouvelles questions féministes*, vol. 32, nº 1, 2013, p. 96-111.

Delvaux, Martine. *Le boys club*, Montréal, Les éditions du remue-ménage, 2019.

Deneuve, Catherine, *et al.* « Nous défendons une liberté d'importuner, indispensable à la liberté sexuelle », *Le Monde*, 9 janvier 2018.

« DERNIÈRE HEURE : Gilbert Rozon reconnu non coupable de viol et d'attentat à la pudeur », *Monde de Stars*, 15 décembre 2020.

Desrosiers, Julie. « Le traitement des victimes d'agression sexuelle devant les tribunaux canadiens : entre les avancées juridiques et la persistance des stéréotypes », *Revista Esmat*, vol. 10, nº 16, 2018, p. 199-222.

« DSK contrôlé au Bois de Boulogne en 2006 selon Guéant », *L'Express*, 4 décembre 2011.

« DSK Maid a Hooker », *New York Post*, 2 juillet 2011.

« DSK : What Happened in New York », *CNN*, 10 juillet 2013.

Donovan, Kevin, et Jesse Brown. « Jian Ghomeshi: 8 Women Accuse Former CVC Host of Violence, Sexual Abuse or Harassment », *Toronto Star*, 29 octobre 2014.

Enquête nationale sur les femmes et les filles autochtones disparues et assassinées, *Réclamer notre pouvoir et notre place : rapport de l'Enquête nationale sur les femmes et les filles autochtones disparues et assassinées*, vol. 1a et 1b, 2019.

Ernaux, Annie. *Les années*, Paris, Gallimard, 2008.

Faludi, Susan. *Backlash: The Undeclared War against Women*, New York, Penguin Random House, coll. « Crown Publishing Group », 1991.

Farrow, Ronan. *Catch and Kill: Lies, Spies, and a Conspiracy to Protect Predators*, Boston, Little, Brown and Company, 2019.

Farrow, Ronan. « From Aggressive Overtures to Sexual Assault: Harvey Weinstein's Accusers Tell Their Stories », *The New Yorker*, 23 octobre 2017.

Foucault, Michel. *Surveiller et punir*, Paris, Gallimard, 1975.

Frenette, Kathleen. « Procès de Michel Venne : la plaignante continue de défendre sa position », *Le Journal de Québec*, 27 janvier 2021.

Gagné, Louis. « Michel Venne reconnu coupable d'agression sexuelle », *Radio-Canada*, 23 juin 2021.

Garrard, Mary. *Artemisia Gentileschi: The Image of the Female Hero in Italian Baroque Art*, Princeton, Princeton University Press, 1989.

Gaudreault, Arlène. *L'effet corrosif de la victimisation criminelle*, Montréal, Université de Montréal, 1998.

« Gilbert Rozon acquitté : entrevue avec la plaignante, Annick Charette », *Le Téléjournal*, Radio-Canada Info, sur YouTube, publié le 15 décembre 2020.

Grondin, Rachel. *Les infractions contre la personne et contre les biens*, Montréal, Wilson & Lafleur Ltée, 1991.

« Harvey Weinstein Scandal : Who Has Accused Him of What ? », *BBC*, 10 janvier 2019.

Hill Collins, Patricia. *La pensée féministe noire : savoir, conscience et politique de l'*empowerment, traduit de l'anglais par Diane Lamoureux, Montréal, Les éditions du remue-ménage, 2016. (Publication originale : *Black Feminist Thought*, New York, Routledge, coll. « Classique », 2000.)

« Janette Bertrand : "Je suis une fille d'instinct et d'émotions" », *Les grands entretiens : les passeurs*, *Radio-Canada*, 9 avril 2021.

Je vous salue salope : la misogynie au temps du numérique, réalisé par Léa Clermont-Dion et Guylaine Maroist, produit par Guylaine Maroist et Eric Ruel, Canada, La Ruelle, 2022, 80 min.

« Jian Ghomeshi est acquitté », *Radio-Canada*, 24 mars 2016.

Juste.Équipage, *Petit manuel de justice réparatrice*, Sécurité publique Canada, mars 2008.

Kantor, Jodi. « The Surprising Origins of #MeToo », *The New York Times*, 10 septembre 2021.

Kantor, Jodi, et Megan Twohey. « How the Harvey Weinstein Story Has Unfolded », *The New York Times*, 18 octobre 2017.

Kantor, Jodi, et Megan Twohey. « Harvey Weinstein Paid off Sexual Harassment Accusers for Decades », *The New York Times*, 5 octobre 2017.

Krol, Ariane. « Simon Houle écope de travaux communautaires », *La Presse*, 12 avril 2023.

L'avocat et le diable, TQS, 9 septembre 2005.

« La chronologie de l'affaire DSK », *Le Monde*, 1er juillet 2011.

« La gestion de la crise à l'Université Laval continue d'être critiquée », *Radio-Canada*, 19 octobre 2016.

Lafontaine, Marie-Pier. *Armer la rage : pour une littérature de combat*, Montréal, Héliotrope, 2022.

Lebeuf, Sophie-Hélène. « Rozon acquitté : "C'est la société qui change le droit", dit Annick Charette », *Radio-Canada*, 15 décembre 2020.

« Les éléments qui font vaciller la crédibilité de Nafissatou Diallo », *Le Monde*, 4 juillet 2011.
« Les étapes clés de l'affaire Jeffrey Epstein », *Le Soleil*, 30 décembre 2021.
« Les femmes autochtones sont davantage victimes de violence, selon deux enquêtes fédérales », *Radio-Canada*, 29 avril 2022.
Lessard, Michaël, et Suzanne Zaccour. « Quel genre de droit ? : autopsie du sexisme dans la langue juridique », *Revue de Droit de l'Université de Sherbrooke*, vol. 47, nº 2-3, 2017, p. 227-298.
Marin, Stéphanie. « Le Conseil de la magistrature rejette les plaintes contre le juge Poliquin dans l'affaire Simon Houle », *Le Devoir*, 23 novembre 2022.
Mathieu, Isabelle. « La Couronne veut déposer les mots de Lise Payette au procès de Michel Venne », *Le Soleil*, 26 janvier 2021.
Mead, Rebecca. « A Fuller Picture of Artemisia Gentileschi », *The New Yorker*, 28 septembre 2020.
Morrison, Toni. *Discours de réception du prix Nobel de littérature*, Paris, Les Éditions du Portrait, coll. « La petite collection », 2021.
Néron, Monic, et Émilie Perreault. « Affaire Rozon : une enquête d'Émilie Perreault et de Monic Néron. Témoignages », *98.5FM*, 19 octobre 2017.
Nguyen, Michael. « C'est la prison pour un pasteur », *TVA Nouvelles*, 9 avril 2021.
Ouimet, Michèle. « La honte », *La Presse*, 6 novembre 2014.
Payette, Lise. *Le pouvoir ? Connais pas !*, Montréal, Athéna, 2010.
Payette, Lise. *Des femmes d'honneur*, Montréal, Libre expression, 1997.
Philie, Benoît. « Trois autres femmes portent plainte contre Gilbert Rozon : Pénélope McQuade, Lyne Charlebois imitent Julie Snyder », *Le Journal de Montréal*, 24 octobre 2017.
Pineda, Améli. « Procès pour viol et attentat à la pudeur : Gilbert Rozon acquitté », *Le Devoir*, 16 décembre 2020.
Pineda, Améli. « Gilbert Rozon se pose en victime consentante à son procès », *Le Devoir*, 15 octobre 2020.
Pineda, Améli. « Allégations de nature sexuelle : Gilbert Rozon visé par neuf femmes », *Le Devoir*, 19 octobre 2017.
Pineda, Améli, et Marie-Lise Rousseau. « Inconduite sexuelle : Michel Venne mis en cause par trois femmes », *Le Devoir*, 27 octobre 2017.
Poitras, Marie Hélène. « Le sexe fort », *Voir*, 2 mars 2006.
« Pour mieux comprendre l'acquittement d'Éric Salvail », *Le 15-18, Radio-Canada*, 18 décembre 2020.
Preyser, Andrea. « Glammed-up DSK Accuser Goes Public as Race Gets Drawn into Case », *New York Post*, 29 juillet 2011.
Quand punir ne suffit pas : la justice réparatrice, réalisé et produit par Pauline Voisard, Canada, Productions Triangle, 2022, 52 min.
R. c. Venne, 2021 QCCQ 5236, Cour du Québec.

Rashbaum, William K. « Strauss-Kahn Said to Reach Deal to Settle with Hotel Housekeeper », *The New York Times*, 29 novembre 2012.

Regroupement québécois des CALACS, *Évolution de la loi relative aux agressions sexuelles*, 1994.

Romito, Patrizia. *Un silence de mortes : la violence masculine occultée*, Paris, Syllepse, 2006.

Rousselot, Fabrice. « Benjamin Brafman, as du bagout », *Libération*, 25 avril 2012.

Sauzeau-Boetti, Anne-Marie, et Eva Menzio. *Actes d'un procès pour viol en 1612*, Paris, Des femmes, 1984.

Souffrant, Kharoll-Ann. *Le privilège de dénoncer : justice pour toutes les victimes de violences sexuelles*, Montréal, Les éditions du remue-ménage, 2022.

Sweetland Edwards, Haley. « How Christine Blasey Ford's Testimony Changed America », *Time*, 4 octobre 2018.

T'as juste à porter plainte, réalisé par Léa Clermont-Dion et Gianluca Della Montagna, produit par Julie Snyder et Marie-Pier Gaudreault, Canada, Productions ToRoS, 2021, 3 épisodes.

Tremblay, Mylène. « #AgressionNonDénoncée, un an après... », *Châtelaine*, 25 octobre 2015.

Turgeon Joane, Claudine Thibaudeau et Sylvie Daigneault. « Revictimisation et victimisation secondaire : conjuguer savoirs et expériences pour mieux comprendre les victimes et se responsabiliser collectivement », dans Katja Smedslund et David Risse, *Responsabilités et violences envers les femmes*, Québec, Presses de l'Université du Québec, coll. « Problèmes sociaux et interventions sociales », 2014.

Van Renterghem, Marion. « À la recherche de Nafissatou Diallo », *Le Monde*, 24 mars 2012.

Young, Iris Marion. *Inclusion and Democracy*, Oxford, Oxford University Press, 2000.

Zehr, Howard, et Barb Toews. *Critical Issues in Restorative Justice*, Mosney NY, Criminal Justice Press, 2002.

En ligne

« Artemisia Gentileschi », *Brooklyn Museum*, (s. d.).

« Culture du viol », *Conseil du statut de la femme*, (s. d).

« Exploitation sexuelle », *Éducaloi*, (s. d.).

« L'agression sexuelle et les infractions criminelles connexes », *Juripop*, (s. d.).

« L'enquête préliminaire », *Gouvernement du Canada*, 7 juillet 2021.

« La cause en bref : *R. c. Barton* », *Cour suprême du Canada*, 24 mai 2019.

« Le procès criminel, comment ça marche ? », *Éducaloi*, (s. d.).

« Prédateur », *Larousse*, (s. d.).

« Principes de détermination de la peine », *Bernier Fournier avocats*, (s. d.).

Randall, Melanie, et Lori Haskell. « L'incidence des traumatismes sur les victimes d'agressions sexuelles d'âge adulte », *Ministère de la Justice Canada*, 2019.

« Rapport Rebâtir la confiance », *Gouvernement du Québec*, 3 mai 2023.

« Services de justice réparatrice », *Équijustice*, (s. d.).

Simon, Claudine. « La victime parfaite : un mythe qui perdure », *Les Alter Citoyens*, (s. d.).

« Slutshaming », *Conseil du statut de la femme*, (s. d.).

« Violence », *Trésor de la langue française informatisé*, (s. d.).

« Violence faite aux femmes », *Gouvernement du Québec*, 23 février 2023.

Table

Ressources

Centres d'aide aux victimes d'actes criminels (CAVAC)
1 866 LE CAVAC (532-2822)

Indemnisation des victimes d'actes criminels (IVAC)
1 800 561-4822

Juripop
1 855 JURIPOP (587-4767)

Info-aide violence sexuelle
1 888 933-9007

Rebâtir
Consultation juridique sans frais pour les personnes victimes de violence sexuelle et de violence conjugale
1 833 REBÂTIR (732-2847)

Regroupement québécois des centres d'aide et de lutte contre les agressions à caractère sexuel (CALACS)
Montréal : 514 529-5252
Sans frais : 1 877 717-5252

SOS violence conjugale
1 800 363-9010

Remerciements

La philosophe Françoise Collin pense qu'une communauté de femmes ne se définit pas, elle s'écrit. Vous m'avez conféré le pouvoir d'écrire. Je vous remercie pour votre force, votre résilience, votre solidarité.

Merci à Marianne Thomas, Dominique Gingras, Maïka Sondarjée, André Turpin, Stéphane Champreux, Sylvie Clermont, Gabriel Fournier-Filion, Félix-Antoine Michaud et Jocelyn Caron, qui m'ont accompagnée le long du chemin. Vous m'avez insufflé l'envie de persister et signer.

Merci à maître Michel Bérubé et aux enquêteurs Sophie Sheedy et Daniel Raymond, dits les trois mousquetaires.

Merci à Geneviève Thibault, éditrice remarquable et superbe de cœur et de tête, à Aimée Verret et Marie Saur, indispensables yeux de lynx, et à Alain Farah, mon premier lecteur.

Merci à Gianluca, Elio et Nina. L'amour que je vous porte m'anime d'un espoir infini.

De la même autrice

Crève avec moi, Québec Amérique, 2019.

Les superbes : une enquête sur le succès et les femmes, VLB éditeur, 2016.

La revanche des moches, VLB éditeur, 2014.

Lettres à un souverainiste, avec Félix-Antoine D. Michaud, VLB éditeur, 2014.

Léa Clermont-Dion

Léa Clermont-Dion est l'autrice de La revanche des moches, des Superbes et de Crève avec moi. Elle a signé le documentaire Janette et filles (2022, lauréat de deux ADC Awards et d'un Marketing Award), en plus d'avoir coréalisé avec Guylaine Maroist le film Je vous salue salope (2022), présenté dans une dizaine de festivals à travers le monde. La série documentaire T'as juste à porter plainte (2021), qu'elle a également coréalisée, a remporté le prix Numix 2022 du meilleur portrait documentaire et a été intégrée à la formation obligatoire des juristes lors de la création du Tribunal spécialisé en matière de violence sexuelle et de violence conjugale au Québec. Aujourd'hui chercheuse postdoctorale affiliée à la Chaire UNESCO en prévention de la radicalisation et de l'extrémisme violents, Léa s'intéresse aux racines de la haine envers les femmes. Porter plainte est son troisième essai.

Collection « Coursière »

1. NICOL, Mikella, Les filles bleues de l'été, 2018 (2014 ; Le Cheval d'août)

2. BRITT, Fanny, Les maisons, 2018 (2015 ; Le Cheval d'août)

3. BIENVENU, Sophie, Autour d'elle, 2019 (2016 ; Le Cheval d'août)

Le Cheval d'août

ANDRAOS, Maryse
Sans refuge

BIENVENU, Sophie
J'étais un héros
Autour d'elle
Chercher Sam

BRITT, Fanny
Faire les sucres
Les maisons

BROUSSEAU, Simon
Les fins heureuses
Synapses

CARBALLO, Lula
Créatures du hasard

CHUMOVA, Martina
Boîtes d'allumettes

COLLARD, Gabrielle Lisa
La mort de Roi

CÔTÉ, Frédérique
Filibuste

LA ROCQUE, Sébastien
Correlieu
Un parc pour les vivants

LAROCHELLE, Corinne
Pour cœurs appauvris
Le parfum de Janis

MAJOR, Françoise
Le nombril de la lune

NICOL, Mikella
Mise en forme
Aphélie
Les filles bleues de l'été

RAYMOND BOCK, Maxime
Morel
Les noyades secondaires
Des lames de pierre

VIENS, Alex
Les pénitences

VIGNEAULT, Érik
Tout savoir sur Juliette

Léa Clermont-Dion
Porter plainte

Le vingt-sixième titre publié au Cheval d'août, sous la direction littéraire de Geneviève Thibault.

Conception graphique
L'identité et la maquette du Cheval d'août ont été créées par Daniel Canty, en collaboration avec Xavier Coulombe-Murray et l'Atelier Mille Mille.

Mise en livre
Jolin Masson et Karine Cossette

Photographie en couverture
Odette Lefebvre

Photographies de l'intérieur
Gianluca Della Montagna

Révision linguistique
Aimée Verret

Correction d'épreuves
Marie Saur

La citation-cheval est tirée de The Bell Jar (La cloche de détresse) de Sylvia Plath

Le Cheval d'août
5666, rue des Érables
Montréal (Québec) H2G 2L8
lechevaldaout.com

Le Cheval d'août remercie de leur soutien financier le Conseil des arts du Canada (CAC) et la Société de développement des entreprises culturelles du Québec (SODEC).

Le Cheval d'août bénéficie du Programme de crédit d'impôt pour l'édition de livres du gouvernement du Québec (gestion SODEC).

Dépôt légal, 2023
Bibliothèque et Archives nationales du Québec
Bibliothèque et Archives Canada

ISBN 978-2-924491-89-8

Distribution au Canada
Diffusion Dimedia

Distribution en Europe
Librairie du Québec à Paris

Porter plainte a été composé en Domain Text, un caractère dessiné par Klim en 2012, et en Post Grotesk, un caractère dessiné par Josh Finklea en 2011.

Ce premier tirage de Porter plainte a été achevé d'imprimer à Gatineau sur les presses de l'imprimerie Gauvin pour le compte du Cheval d'août au mois d'octobre 2023.

I felt like a race horse in a world
without racetracks or a champion
college footballer suddenly
confronted by Wall Street and
a business suit, his days of glory
shrunk to a little gold cup on
his mantel with a date engraved
on it like a date on a tombstone